Poe

LUIS ALBERTO DE CUENCA   MONTERO GLEZ
MARIO CUENCA SANDOVAL   EUGENIA RICO
ESPIDO FREIRE   PABLO DE SANTIS
JOSÉ LUIS DE JUAN

Poe

Fernando Marías, editor
Ilustraciones de Harry Clarke

451.Re.TM

ISBN 978-84-96822-72-6

PRIMERA EDICIÓN
2009

© DEL TEXTO: Luis Alberto de Cuenca, Mario
Cuenca Sandoval, Espido Freire, José Luis
de Juan, Montero Glez, Eugenia Rico,
Pablo De Santis, 2009

© DE LAS ILUSTRACIONES: Por cortesía
de Dover Publications, Inc., Mineola,
NY, 2009

© DE LA EDICIÓN: 451 Editores, 2009

Xaudaró, 25
28034 Madrid - España

tel 913 344 890 - fax 913 344 894

info451@451editores.com
www.451editores.com

DISEÑO DE COLECCIÓN
Departamento de Imagen y Diseño GELV

MAQUETACIÓN
Departamento de Producción GELV

IMPRESIÓN

Talleres Gráficos GELV
(50012 Zaragoza)
Certificado ISO

DEPÓSITO LEGAL: Z. 422-09
IMPRESO EN ESPAÑA

La ciencia no nos ha enseñado
aún si la locura es o no lo más sublime de la inteligencia.

Edgar Allan POE

LA GATA NEGRA | EUGENIA RICO

EUGENIA RICO

(Oviedo, 1972)

Estudió Derecho y Relaciones Internacionales, así como Guión de Cine y Dramaturgia antes de dedicarse de lleno a la literatura. Fundadora de la revista *Multidiversidad* en la universidad de su ciudad natal, viajó por Argentina e India y residió en diferentes países.

Ha publicado las novelas *Los amantes tristes* (Planeta, 2000; Círculo de Lectores, 2007), *La muerte blanca* (Planeta, 2002; premio Azorín), *La edad secreta* (Espasa-Calpe, 2004; finalista del premio Primavera), *El otoño alemán* (Algaida, 2006) y *Aunque seamos malditas* (Suma de Letras, 2008). Sus relatos y poemas están incluidos en varias antologías temáticas.

Es colaboradora habitual en distintos periódicos y revistas, especializadas sobre todo en el ámbito viajero y de solidaridad. Su obra consiguió el reconocimiento de la beca Valle-Inclán de la Academia de España en Roma.

En la oscuridad sigo oyendo los gritos. No sé quién grita. Aprieto los ojos y me doy cuenta de que soy yo quien está gritando. En la oscuridad no hay odio. Hay un olor extraño que no es el mío. En otro tiempo y en otro lugar habrá alguien que sepa por qué ha sucedido todo esto, alguien que le ponga nombre a los sucesos que a mí me parecen inexplicables y sin embargo tienen una explicación. Han de tenerla. No será una explicación lógica.

En otra vida busqué causas y efectos hasta que comprendí que nada de lo que me ocurrió los tiene. Creí que pensaba con la cabeza. Creí que pensaba.

En la oscuridad no pienso ni con el corazón ni con la cabeza. Ya no los tengo. Otros vendrán y contarán mi historia. En sus labios parecerá distinta.

Nunca he sido diferente de los demás. Toda mi vida me esforcé en permanecer en el medio del sendero, en no ser ni alta ni baja, ni inteligente ni demasiado torpe.

No quería distinguirme en nada y al final esa fue la cualidad que me hizo destacar, la virtud de la que se enamoró mi esposo.

En mi infancia acontecimientos tan tristes que incluso en la oscuridad es terrible recordarlos me enseñaron a aborrecer a los humanos. Un padre terrible que maltrataba a mi madre, un padrastro aún más terrible y pecados sin nombre me obligaron a refugiarme en el amor a los animales. Recogía en casa pájaros caídos del nido, gatitos extraviados y perros abandonados. De este modo conocí a mi futuro esposo. Los dos éramos muy jóvenes. Él era como un perrito extraviado. Un joven sensible que recitaba poemas, del que se burlaban sus compañeros porque amaba a los animales aún más que yo. El matrimonio fue una huida ventajosa. Al casarme pasó a mi disposición el legado de mi difunta madre. Con ese dinero pudimos vivir con cierto desahogo. El primer lujo que nos permitimos fue compartir nuestra felicidad de entonces con una colonia creciente de animales. En nuestro pequeño edén de aquellos días habitaban pájaros, peces de colores, un hermoso perro, conejos, un monito y un gato.

Amaba aquellos animales y amaba aún más a mi esposo. En aquellos días los dos reíamos sin motivo y la vida no parecía un lugar tenebroso. Yo disfrutaba con el calor de fidelidad que me daban mis queridos animales y con la dicha que estos daban a mi marido. Cada vez que traía a casa un nuevo animal observaba la vida a través de sus ojos. Era feliz de amar a alguien que adoraba a los débiles. Me había casado con un hombre bueno, distinto en todo a mi padre. Mi marido y yo pasábamos horas disfrutando con nuestros amigos no humanos. Solo confiábamos en ellos y en nosotros mismos.

El favorito de mi esposo era el gato. Un gato extraño y hermoso como la felicidad de los incautos. Era negro y tan inteligente que a través de él comprendí cómo era posible que en la Edad Media se creyera que los gatos negros son brujas disfrazadas. Su sagacidad no solo igualaba a la de multitud de personas. Era más inteligente que muchos de mis conocidos. Ciertamente su agudeza era mayor que la mía pues fue el primero en darse cuenta de que las cosas no iban tan bien como yo creía.

Plutón, que así se llamaba el gato, seguía a mi marido a todas partes, como si en lugar de un gato fuera un perro. Al principio el animal me había adorado también a mí hasta el punto de que fue difícil impedir que me siguiera por la calle; entonces mi esposo me prohibió darle de comer. Debía hacerlo solo él y era a él a quien el gato debía seguir. Así comencé a apartarme del camino de ambos y así empezó mi esposo a apartarse de mí.

Yo seguía adorándole; al verle esquivo, redoblé mis esfuerzos. Traje aún más animales a casa pero comenzaron a cansarle. Me vestía con esmero y preparaba complicados manjares. Mi marido se quejaba de ellos. En una ocasión tiró el puchero con una exquisita bullabesa al suelo. Nos quedamos los dos sin comer. Aquel día lloré por vez primera. No lo hubiera hecho de saber lo que se avecinaba.

Si al llegar a casa me encontraba arreglada, me pegaba porque parecía una cualquiera. Si estaba sin peinar el maltrato era porque no me esmeraba en parecerle atractiva.

Yo me refugiaba en mis recuerdos. Él no era él. Hasta el punto de que al yacer con aquel desconocido de ojos inyectados en sangre me parecía que le estaba siendo infiel a mi marido, el único hombre que había amado. Ese hombre que hacía años que no había vuelto a ver. El alcohol era el demonio que tenía la culpa de todo. No podía culparle a él porque habría supuesto perder la esperanza de que volviera a mí. Yo fui la primera víctima de su ira. Me maltrataba a mí pero era bueno con nuestros animales. Yo me aferraba a aquel poco de ternura que veía en él cuando acariciaba al perro y, sobre todo, cuando hablaba a Plutón con aquella voz dulce que yo misma había merecido cuando era más joven. Sentía que mientras quedase algo de humano en él podría crecer en su interior como una levadura y devolverme al hombre del que me enamoré.

Una vez me pegó tanto que pasé varios días sin poder levantarme. Entonces mi marido se acercó a mi lecho, lloró conmigo, nos abrazamos y nos besamos. Me dijo cuánto me amaba y me prometió cambiar. Juró no volver a ponerme la mano encima y abandonar la botella, que había sido una perversa amante, para volver con su única esposa.

Durante algunos días cumplió su propósito. Al cabo de solo una semana cambió de verdad. Regresó a casa completamente borracho. Puso sus manos en torno a mi cuello e intentó estrangularme. Yo huí y entonces él la emprendió a puntapiés con el perro y el monito, que escaparon despavoridos. Me pareció que desahogaba en ellos y en mí la amargura de su derrota contra el alcohol. Esto me hizo creer que seguía en la lucha. En alguna parte, mi verdadero marido luchaba contra esa otra persona que se había apoderado de su cuerpo. Había indicios de que el bien no se había extinguido por completo en su interior. Seguía respetando a Plutón. El gato negro atraía todo lo que quedaba de bueno en él. Algunas noches lo acariciaba largamente y entonces venía a mi lecho sonriendo, y por esa noche era el que había sido. Me besaba, me juraba amor, me pedía perdón por todo el mal que me había hecho. Todas aquellas noches le creía y le seguía creyendo por la mañana cuando me decía que salía a buscar trabajo. Yo me daba cuenta de que la pequeña fortuna que había heredado se nos esfumaba entre los dedos. Los sirvientes se despedían tras padecer el carácter de mi marido y yo no tenía dinero para reemplazarlos. Pronto no me quedó más que una doncella que me tenía lástima. Una matrona tuerta a la que mi marido odiaba y que se permitía aconsejarme que le abandonara. Me contaba que había tenido un marido así, y que intentó matarla. Escapó de milagro pero perdió el ojo. Se cubría la cuenca vacía y sanguinolenta con un trapo. De vez en cuando me lo mostraba asegurando que Dios le había dejado aquella marca para prevenir a las mujeres infelices y salvarlas de los hombres que no son amos sino diablos. Yo sabía que mi marido era bueno y que jamás habría matado ni una mosca; podía pegarme, pero nunca me haría verdadero daño. Seguía siendo como un animal extraviado. Era yo la que con el tiempo encontraría cómo salvarle. La doncella era tan insolente que me respondía que quizá no fuera capaz de matar una mosca pero sí de asesinar a su esposa. «Las mujeres débiles les molestan más que las moscas, y la bondad, señora, para los malos es solo debilidad». Me hubiera gustado despedirla cuando decía esas cosas. Nunca lo hice. No habría encontrado otra que trabajase tan bien por sueldo tan exiguo y a mi manera le tenía cariño. Era la única que escuchaba mis penas y sabía el motivo por el que no podía levantarme muchas mañanas.

No fue ella la que me convenció de que el fin había llegado, sino Plutón. Una noche en que mi marido volvió a casa completamente embriagado se lo topó en la escalera. Era ya un gato viejo y el amor lo volvió todavía más torpe. En la casa todos habíamos huido al ver los ojos turbios de mi esposo y oler el tufo de la ginebra que se había convertido para mí en el olor del infierno. Anunció su llegada con gritos e insultos que tuvieron la virtud de darme tiempo para encerrarme en mi dormitorio. Había aprendido a temer su llegada y me bastaba oír el ruido de su llave en la cerradura para que mi corazón parase de latir y mi lengua se volviera balbuceante.

Ese día no le quedó nadie en quien cebar su ira y entonces se cruzó con Plutón. Era el único en la casa que no huía a su paso. Mi esposo le llamó con voz tierna y el gato se le acercó. Se estaba quedando ciego pero en el último momento algo le avisó del peligro. Mi marido lo alzó en vilo y el buen gato se retorció de miedo, eso le enfureció. Estoy segura de que, en ese momento, el último jirón de su alma se desprendió de su cuerpo. Se quedó desnudo con su maldad, su antiguo yo, el que yo creía su yo verdadero le abandonó, y el diablo se apoderó de él por completo. Sacó un cortaplumas del bolsillo. Un cortaplumas que yo misma le había regalado sin saber la perversa utilidad que el destino le daría. Sin piedad, hizo saltar un ojo al animal como si extirpara el corazón de una manzana. Quizá por eso aquella noche habló de Eva y del pecado original mientras sollozaba amargamente. Me pareció tan arrepentido que lo acogí en mis brazos. No sin antes aplicarme a remediar el daño de Plutón. Lo curé lo mejor que pude, como si me curara a mí misma. En los días que siguieron mi esposo se comportó con dulzura y creí que quizá su sacrificio sirviera para algo. Plutón estuvo muy enfermo, pero gracias a mi dedicación sanó bien. La órbita era un agujero negro y presentaba un aspecto tan horrible como nuestro hogar, pero el gato no parecía sufrir ya. Antes de que hubiese curado por completo, ya había vuelto mi marido a ahogar en vino todos sus buenos propósitos. Pensé, sin embargo, que habíamos caído tan bajo que no era posible degradarnos más. No sabía hasta qué punto me equivocaba. Aquello no era el final sino el principio.

Ahora todos en la casa huíamos al escuchar los pasos de mi marido: los animales, la doncella y yo misma. Solo salíamos tras comprobar que venía de buen humor. En sus momentos expansivos me traía regalos y acariciaba mi cara. Solía besar con devoción los cardenales que me había hecho la víspera. En días como esos todos volvíamos a comer de su mano. Todos menos Plutón, que huía de él con la misma obstinación con la que antes le había seguido. Nada irritaba tanto a mi esposo como la antipatía del gato. Me dio un bofetón cuando le dije que él mismo la había originado y que solo él podía remediarla abandonando al demonio al que adoraba: uno que venden por pocas monedas en todas las tiendas.

Mi marido se entregaba ahora a la perversidad como el que se entrega a una relación amorosa. Con resignación, con fatalismo, con placer. Una mañana, obrando a sangre fría, capturó al pobre Plutón, le pasó un lazo por el pescuezo y lo ahorcó en las ramas de un árbol del jardín de nuestra casa. Lo ahorcó con lágrimas en los ojos, porque quizá incluso él comprendía que estaba ahorcando el último vestigio de humanidad que le quedaba. Lo ahorcó porque el animal le había querido y no le había dado ningún motivo para maltratarlo. Igual que yo.

Aquel día perdí toda esperanza. No me sorprendí cuando en medio de la noche nos despertaron gritos de «¡Fuego!». Las cortinas de mi cama eran una llama viva y toda la casa estaba ardiendo.

A duras penas la sirvienta tuerta, mi marido y yo escapamos con vida. Con el incendio se había consumido nuestra ruina pues la casa era todo lo que quedaba de mi herencia. No había tenido valor hasta entonces para explicar a mi esposo que ya no me quedaba dinero, temiendo que al saberlo su crueldad aumentase. No quería confesarme que mi peor temor era que me abandonase. De alguna manera me sentía atada a él por una cuerda invisible, tan letal como la que había apretado el cuello del infeliz gato.

No pude evitar recordar mis terrores infantiles y pensar que el incendio había sido un castigo, no para mi esposo por su crueldad, sino para mí por mi cobardía. No pensé que fuese un castigo de Dios porque sabía que éramos demasiado insignificantes para merecer su atención. Al día siguiente del incendio acudimos juntos a visitar las ruinas. Salvo una, todas las paredes se habían desplomado. La que quedaba en pie era un tabique divisorio de poco espesor contra el cual se apoyaba antes la cabecera de nuestro lecho. El enlucido había quedado a salvo de la acción del fuego. Recordé con amargura que pintar la casa había sido el último capricho de mi esposo que pude satisfacer con mi dinero. Una densa muchedumbre se había reunido frente a la pared, como si contemplasen una escena de teatro. Se oían exclamaciones de asombro y chillidos de excitación. Al acercarnos vimos que en la blanca superficie, grabada como un bajorrelieve de los que se exponen en los museos, aparecía la imagen de un gigantesco gato. El contorno tenía una nitidez prodigiosa. Había una soga alrededor del pescuezo del animal.

En cuanto descubrió esta aparición, mi esposo profirió un potente grito, se aferró a mi brazo para no caer y comenzó a temblar como si sufriera un ataque epiléptico. Yo sentí un escalofrío, sin embargo me mantuve serena. Mientras nos acercábamos había comprendido lo sucedido. Tuve la tentación de dejar a mi esposo pensando en castigos de ultratumba, pero lo encontré tan pálido y desmejorado que me apiadé de él. Le recordé que había ahorcado al gato en el jardín contiguo a la casa. Al producirse la alarma del incendio, la multitud había invadido el jardín: alguien debió cortar la soga y arrojar al gato a nuestra habitación por la ventana abierta. Quizá de ese modo pretendía despertarnos. La caída de las paredes comprimió a la pobre víctima de mi marido contra el enlucido recién aplicado, cuya cal, junto con la acción de las llamas y el amoniaco del cadáver, había producido la imagen que acabábamos de ver.

Mi marido se asombró de mi razonamiento. Había olvidado, dijo, que yo pudiera ser tan inteligente y útil. Durante varios días se esforzó en confortarme y se mantuvo apartado de las tabernas. Ello me consoló en parte de nuestra miseria y del abandono de la doncella tuerta, que aseguraba haber visto al demonio en medio de las llamas. Huyó de noche de nuestra casa e intentó convencerme para que me fuese con ella. Dudé entonces, algo me decía que aquella era mi última oportunidad para salvarme, y otra voz en mi interior añadía que era la última oportunidad para salvar a mi esposo. Él parecía cambiado. Era de nuevo cariñoso, y algo del brillo que tenían sus ojos al acariciar a Plutón en el pasado aparecía ahora en ellos cuando me miraba. Entregué a la doncella las pocas monedas que pude reunir y dejé que se fuera llorando por mí tanto como yo lloraba por ella.

Mi marido dejó de beber y de pegarme durante algún tiempo. Algo parecido al remordimiento le corroía. Tal vez no me mostraba cariño pero sí consideración. Algunas semanas más tarde volvió a desaparecer noches enteras en aquellos tugurios que frecuentaba. Volvía borracho, aunque menos que antes, o se le notaba menos. Seguía sin pegarme, pero me trataba con una frialdad que casi dolía más. Descubrí que la indiferencia puede hacer más daño que los golpes. El que te golpea te ve. El que no te mira, ni siquiera te golpea.

Sin embargo, la esperanza es la más perversa de las emociones humanas y seguía creciendo en mi seno, avergonzada y poderosa. Creía que un día me despertaría y nuestra casa no habría ardido, el gato negro no habría sido asesinado, mi marido sería el que fue.

De modo que, cuando una noche regresó a casa con un gato negro, pensé que Plutón había realmente resucitado. Lo cogí en mis brazos y vi que le faltaba un ojo como a Plutón y a mi fiel criada, a la que tanto echaba de menos. Había solo dos pequeñas diferencias: Plutón había sido un macho espléndido, y aquel animal era una gata; y además tenía en el pecho una pequeña mancha blanca, que al principio no supe concretar a qué me recordaba. Con los días se hizo más clara y sus contornos más precisos. ¡Que Dios se apiade de mi alma! Era un dibujo de la horca que había acabado con el gato negro. Del patíbulo que se cernía sobre mi vida de todos los días. Puesto que al ver a mi marido con el gato negro pensé que estábamos empezando de nuevo. Ahora teníamos la oportunidad de reparar nuestra crueldad con aquel animal y eso era una nueva oportunidad de ser buenos. Si el gato negro había resucitado, nuestra casa no había ardido y nuestro matrimonio volvería a ser tan cariñoso y feliz como lo permiten estos tiempos revueltos.

Con esa esperanza prodigué a la gata todos los mimos y atenciones que mi marido no me dejaba darle. Dejarse querer es una manera de dar. Él me la negaba. No me levantaba la voz. No me hablaba durante días. Mi presencia parecía provocarle fastidio y, sin embargo, a veces extendía la mano y me acariciaba los cabellos, y la triste planta de la esperanza volvía a agazaparse en mi seno.

La gata era aún más cariñosa de lo que había sido Plutón. Pregunté a mi marido cómo había hecho para hallarla y me dijo que el Cielo o el Averno se la habían enviado. No hice caso. El animal me seguía a todas partes y se apretaba contra mí. Su cariño logró que volviese a tener ganas de comer, que me encontrase hablando sola y riendo mientras planchaba la ropa blanca; había odiado las tareas domésticas cuando tenía quien me las hiciera, ahora eran mi refugio contra el miedo y las horas muertas. La gata transformaba cualquier momento insignificante en un juego frotándose contra mí y haciéndose un ovillo en mi regazo, saltando alegremente y levantando la cola como un signo de interrogación. Pues todo parecía aún posible.

Si bien mi esposo no había vuelto a ser bueno, no era aún malo. Si no era cariñoso, tampoco era malvado. Yo sabía que su corazón era tierno, que había amado a los débiles y protegido a los animales. La gata negra le adoraba casi tanto como a mí. Yo la animaba a seguirlo a todas partes y a mostrarle su cariño. Por mi parte hice lo mismo. Dentro de la modestia de nuestra vida procuré parecerle atractiva. Dejaba caer mis bucles sobre el escote y, aunque no tenía dinero para comprar afeites, frotaba mis enaguas con lavanda. Le cociné sus platos favoritos, que él comió maquinalmente como si mascara arena, aunque sin agraviarme. La gata y yo le mostrábamos nuestro amor, convencidas de que el amor es una enfermedad contagiosa. Pronto descubrimos que es simplemente una enfermedad.

Mi marido huía de mí y de la pobre gata negra. Nos miraba con recelo como si sospechase que le envenenábamos. Evitaba al animal y nunca me miraba a los ojos.

Pasaba las noches sin dormir, retorciéndose en su cama, y respondía con un manotazo a mis muestras de ternura. No pasó mucho tiempo antes de que volviera a pegarme. Se revolvía contra mí con los ojos inyectados en sangre. Podía sonreír y al instante siguiente volverse loco. En aquellos momentos la única solución era huir. Nunca lo conseguía sin ganarme mi ración de morados. Todas las mañanas mil dolores pequeños me recordaban que estaba casada con un monstruo. Resolví hacer lo que tanto tiempo antes debería haber hecho: abandonarle. Hice un hatillo con las pocas cosas de valor que me quedaban y lo oculté debajo de la cama. Me habría marchado inmediatamente pero quería llevar a la gata conmigo. No podía soportar que el animal sufriera sus iras al descubrir mi partida y tampoco quería irme de noche como un ladrón, era él quien me había robado: mi tiempo, mi juventud, las ganas de hacer cosas. Se había casado con una muchacha y la había convertido en una vieja prematura. Hacía meses que había castigado a los espejos de la casa contra la pared. Me torturaba la imagen que me devolvían. En el espejo mis ojos eran un mosaico roto, añicos de venas rojas. La cara de un fantasma en el que no me reconocía.

Por fin me decidí a hablarle un día brumoso que amenazaba lluvia. Tal vez no era el mejor momento para comenzar una nueva vida pero no podía esperar más. Le anuncié que tenía algo que decirle. Me asió por el brazo y me obligó a acompañarle al sótano de nuestra miserable casa con el pretexto de que le ayudara a cortar leña. El filo del hacha brillaba en la oscuridad, relucía de tal forma que reflejaba mis ojos inmensos y tristes. Tuve un presentimiento. La gata negra me seguía, frotándose entre mis piernas. Se cruzaba en mi paso como si intentara impedir que bajara la siniestra escalera. Mi marido estuvo a punto de tropezar con ella. Eso le enfureció. Alzó el hacha y la habría matado si yo no le hubiera sujetado el brazo. Por un momento temí que me matara a mí también. Sin embargo, creía que no era capaz de hacer algo así, podía ser violento e intratable por culpa del alcohol pero no se atrevería a quitarle la vida a un ser indefenso que siempre le había devuelto bien por mal. Le miré a los ojos y vi que estaban llenos de lágrimas. Las mismas que había derramado cuando ahorcó al gato negro. Al mismo tiempo sentí un dolor en mi cuello y un líquido caliente que me salpicaba la cara. Mi último pensamiento fue para la suerte de la gata negra, el ser inocente al que mi estupidez había condenado al abismo.

En la oscuridad oía el rítmico sonido de un pico y una pala y la respiración jadeante de mi esposo. Debía de estar herida pero no sentía dolor. ¿Era eso la muerte? Intenté moverme y no pude. Tenía miedo, muchísimo miedo. Oía el trabajo minucioso de un albañil que levantaba una pared. Es posible que la muerte fuera una oscuridad llena de ruidos. Sentí una presencia reconfortante, el tacto de un pelo suave y un ronroneo, de algún modo la gata negra se las había arreglado para acompañarme a aquella oscuridad.

Tardé mucho en darme cuenta de que ahora *yo* era la gata negra. Veía la oscuridad con mi único ojo sano. El otro me escocía un poco. Vi lo que quedaba de mi cuerpo, del que salían líquidos extraños y humores terribles. Entonces era cierto. Estaba muerta. Me había matado. Tenía que haberle abandonado hacía tiempo y sin embargo seguía compadeciéndole. Me daba pena mi asesino, ciego de ira. Le oía maldecir mientras acababa de cerrar la pared en la que estábamos confinadas, lo que quedaba de mí y de mi espíritu guardián. Me había emparedado en el sótano, igual que los monjes de la Edad Media emparedaban a sus víctimas. Cómo me había convertido en la gata negra era para mí menos misterioso que el hecho de que el hombre que yo había conocido como un muchacho bondadoso se hubiera convertido en mi asesino. Las apariencias me habían engañado. Todas las apariencias.

Por eso no era tan extraño que hubiera creído ser una mujer malcasada y fuera en realidad una gata negra herida esperando en la oscuridad.

Puedo cerrar los ojos. No consigo cerrar los oídos.

Oigo voces. Es la policía. Tengo que hacerles una señal. Pero solo quiero dormir. Dormir y olvidar. Llevo tanto tiempo aquí que he olvidado la luz del día. El olor de esta tumba es húmedo y borra los recuerdos. No puedo moverme. No quiero moverme. Entonces oigo su carcajada feroz de triunfo. Golpea la pared, quiere despertarme del sueño eterno.

Puedes cerrar los ojos pero no puedes cerrar los oídos.

Oigo un grito. Un grito que no es humano. Que no puede ser el mío. Un aullido, de temor y triunfo. Un canto funerario, el sollozo de un niño. Todas las lágrimas que no derramé, la fuerza con la que no me rebelé a tiempo, se escapan de mí.

Derriban a golpes la pared, veo el rostro espantado de mi asesino al contemplar la gata con un solo ojo que le estará mirando durante toda la eternidad que no veré.

UXER | JOSÉ LUIS DE JUAN | *LA CAÍDA DE LA CASA USHER*

JOSÉ LUIS DE JUAN

(Palma de Mallorca, 1956)

Estudió Derecho, Periodismo y Relaciones Internacionales. Es autor del poemario *Versión del este* (DVD, 2007) y de seis novelas traducidas a diversas lenguas, desde el inglés hasta el ruso. Entre ellas destacan *El apicultor de Bonaparte* (premio Juan March Cencillo, 1996), *Este latente mundo* (Alba, 1999), *Recordando a Lampe* (SM, 2001; premio Gran Angular) y *Sobre ascuas* (Destino, 2007). Fue finalista del premio Nadal 2002 con la novela *Kaleidoscopio* (Destino, 2002).

También ha publicado relatos, como *La vida privada de los verbos* (Alba, 2000), el ensayo *Incitación a la vergüenza* (Seix-Barral, 1999) y la crónica de viaje con fotografías propias *Campos de Flandes* (Alba, 2004). Su obra narrativa ha merecido en Francia el Prix Montivilliers de Literature por *Se souvenir de Lampe* (Seuil, 2003), y se ha presentado en los festivales literarios de Berlín (2004), Edimburgo (2006) y Manchester (2008). En la actualidad realiza crítica literaria y crónicas de viaje para *El País* y reseñas para *Revista de Libros*. Vive en la costa norte de Mallorca.

EN UN DÍA DE CALMA EXTRAORDINARIA, TÍPICO DE FINALES DE octubre, atravesé la isla y me encontré frente al ancho portal de columnas coronadas por capiteles piramidales que sostenían unas bolas de piedra erosionadas por el viento y la lluvia. Conocía muy bien la cancela. ¿Cuántas veces la habría franqueado en mi juventud? El trabajo del forjador era fascinante. Había recreado el diseño de una tela de araña en cuyo centro sobresalían cuatro letras familiares para mí y sin embargo tan extrañas entonces, ese día de octubre, cuando descubrí a mis labios pronunciándolas: UXER.

Es cierto que había calma, inusual en esa parte de la isla expuesta al viento del norte, que sopla viniendo de mar adentro, sin encontrar obstáculo que lo mitigue. Pero era la calma que precede a la tempestad; lo habían anunciado en las noticias locales. El hecho de que no hubiese otra edificación en kilómetros de costa subrayaba la peculiar idiosincrasia de la casa y de las generaciones sucesivas de sus moradores: solitaria, melancólica, desafiante. Henchidas nubes fúnebres se acuartelaban en el horizonte mientras que otras de un gris luminoso iban llenando los huecos que todavía quedaban de aquel cielo opaco como una coraza. Detrás de los bajos muros de piedra, ovejas silenciosas, estáticas como piedras más grandes, se empeñaban en crear una atmósfera perversa de vida. (En realidad, según supe más tarde, las ovejas eran cámaras recubiertas de lana, cuyos cuellos se giraban siguiendo el movimiento). Cuando descendí del coche y pulsé el timbre pensé de repente en huir. Mi curiosidad natural, profesional podría decir, se había desvanecido ante un recuerdo o una sensación siniestra, sin que supiera identificar su procedencia. Un humor a mitad de camino entre el hastío y la angustia se infiltraba en mi pecho igual que una niebla. Ahora todo me parecía horrible. Y presentía que lo que me aguardaba más allá de la cancela era todavía peor.

Veo ahora vivamente la escena y me digo: ¿por qué no escuché mi corazón y di la vuelta al coche y me perdí por la carretera desierta a gran velocidad? En lugar de eso pulso de nuevo el timbre, esta vez con un ligero temblor en mi mano. Las ovejas han reparado en mí y me vigilan con una mirada que no pertenece a ese momento, que es el pasado interminable y el futuro previsto, que es el recuerdo de algo olvidado cuando la memoria es ya polvo reseco, llevado y traído por el viento. El viento de esta isla, más fuerte e inmortal aún que la memoria.

Mientras espero que algo suceda como respuesta a mi llamada, algunas escenas olvidadas pasan por mi mente. Rodric Uxer, un joven de doce años enclenque pero hermoso, con una belleza que no podía explicarme, jugando al Scalextric conmigo en mi habitación, que compartía con mi hermano mayor y que él, acostumbrado a estancias palaciegas, debía considerar absurdamente pequeña. Tenía un Lotus último modelo, que yo envidiaba como no he envidiado nunca nada. Siempre me ganaba, aunque no ponía en apariencia ningún interés en la carrera y musitaba un educado «lo siento» cuando mi coche caía del puente y rodaba por la alfombra. Después lo veo algunos años después tocando al piano difíciles piezas, ahora sé que eran de Schubert o de Schumann y entonces me parecían solo acompañamientos de un funeral anticuado, como anticuada era la sala donde tocaba, forrada de tela carmesí, la sala de música de la casa Uxer. El piano, un Bösendorfer, de cola larga y con la tapa firmemente cerrada como la de un ataúd. Y aún lo veo cuando volvió del extranjero, donde había ido a estudiar filosofía pura, más pálido y delgado que a los quince años, con dificultades para hablar nuestro idioma isleño, en realidad con dificultades para respirar. Y después, en el café del Club de Ajedrez, donde se bebió en menos de media hora tres whiskies, me enseñó un cuaderno con dibujos pornográficos que, aseguró, había dibujado con sangre, con su propia sangre.

El chasquido me devuelve al momento presente. A aquel instante no tan lejano. Es octubre. Cuando pienso en Uxer siempre es octubre. Un día de calma, o eso parece. Imperceptiblemente, como las agujas renqueantes de un antiguo reloj de bolsillo, la cancela se va abriendo hacia adentro. Las letras UX se separan poco a poco de las otras dos, ER, en el centro de la tela de araña. Vuelvo al presente y me digo: has venido a ver a tu compañero de colegio, a aquel que durante unos años que parecieron eternos consideraste íntimo, si bien no sabes ahora muy bien por qué. Has atravesado la isla en respuesta a su llamada, un correo de casauxer@citadel.com. Estuviste a punto de eliminarlo de inmediato, como tantos otros, pese a que sabías que era muy diferente a los otros, que tocaba una fibra tuya, propia, escondida entre las máscaras del tiempo y de la pretendida madurez. Rodric Uxer, de quien solo habías oído rumores en los últimos tiempos (y no los mejores, desde luego), te pedía que fueses a verlo sin demora, como si se tratase de probar un nuevo Lotus para el Scalextric nublado de telarañas, o de hablar sobre el último pintor manierista que había descubierto. «Como tributo a nuestra antigua amistad», decía la escueta nota.

Tu suspicacia profesional te indicó que su petición estaba relacionada con la galería de arte y quizá con la feria internacional que preparabas entonces. Lo habría leído en el periódico. Pero desde luego no estás ahora aquí por eso, subiendo de nuevo al coche y acelerando para franquear la entrada. Estás aquí por la «antigua amistad», con la vaga ilusión de recobrar una emoción perdida. ¡Qué ridículo sublime protagonizamos en la amistad que no solemos hacer en el amor!

El camino de grava es el mismo de siempre hasta que de improviso baja y entonces hay algo que no estaba antes. Una alameda forma un túnel en el camino. A partir de ahí no reconozco el paisaje de los viejos dominios de Uxer. Pasado el frondoso túnel, de unos cien metros, se vuelven a recuperar las suaves colinas verdes con muros bajos de piedra. Unos troncos grises me llaman la atención y aminoro la marcha. Olivos retorcidos, desconocidos en la isla. Gruesos troncos de formas caprichosas. ¿Qué cuelga de sus ramas? Detengo el coche. Veo la efigie de un niño colgado de un pie, en el olivo más cercano. ¡Viste la ominosa bata que llevábamos de párvulos en el colegio! Delgadas rayas azules sobre un fondo crudo. Hay más niños, sin bata. También ancianos. Uno lleva frac y cuelga de una oreja hipertrofiada. Una mujer vestida de negro pende de su trenza y mira con los ojos abiertos, que sin duda registran toda la escena y mi escéptica curiosidad estética. Uxer el melodramático, me digo. El amante de Schubert y de Schumann.

Sigo adelante sin detenerme. Al fin veo la casa, prácticamente intacta, parece conservada en formol, vetusta y ajada como siempre la vi y la recuerdo. Siempre me llamó la atención el caprichoso diseño de sus muros. La fachada norte estaba revestida de piedra, con hiedra hasta la primera planta, mientras que la meridional tenía un revestimiento liso que enfoscaba las piedras y había recibido múltiples capas de cal a lo largo de los años. Rodric había añadido en el ala este una especie de invernadero, construido con cristal y placas de pizarra. Imaginé que allí tendría su estudio.

Al contrario que las otras grandes mansiones de la isla, la casa Uxer estaba coronada por una cubierta almenada y en algunas partes las almenas se convertían en llamas retorcidas, como antorchas dirigidas al cielo. Las tejas permanecían invisibles, pero había un pasillo entre ellas y las almenas, donde una vez me llevó mi amigo. Desde allí el mar, próximo y amenazante, parecía envolver la casa. Pero ahora, mientras me acercaba a la mansión, el mar se mantenía oculto. Se diría que sus muros colgaban sobre el cielo cada vez más oscuro. Esperaba encontrar el gran estanque que bordeaba el camino, en cuyas aguas verdes y limosas nos habíamos bañado muchas veces. Había desaparecido. Uxer lo había tapado con una capa de hormigón. En el centro del lugar donde estuvo el estanque, de cerca de setenta metros de largo por otros tantos de ancho, había una obertura circular y a su alrededor, pintados en blanco, unos círculos concéntricos.

Es curioso que esos cambios que había hecho mi amigo en la propiedad no alterasen mi estado de ánimo, que ya estaba instalado en un desasosiego, en una inquietud que solo podía deberse a emociones anteriores y no a la escenografía actual, propia de la mano de un artista y a la que, por tanto, estoy habituado. Debo citar en este punto la frase de Poe, cuando escribe que quizá «una simple disposición diferente de los elementos de la escena, de los detalles del cuadro, fuera suficiente para modificar o quizá anular su poder de impresión dolorosa». En mi caso, la *impresión* era anterior a la *observación,* era parte de la *experiencia.* Y sí, era dolorosa, sin que en ese momento pudiera explicar por qué.

Cuando dejé de tratarle, todo el mundo sospechaba que Rodric Uxer era homosexual. Su padre había enviudado cuando él y su hermana gemela, Magdalena, tenían tres años. Jamás le conocí una mujer y, que yo supiese, no se había casado. En realidad, siempre lo vi solo. Era de esos hombres que no disponen de tiempo ni ocasión para dejar de ocuparse de sí mismos. Había oído rumores en la ciudad según los cuales ambos hermanos vivían juntos como si fuesen pareja. Podía ser tanto un rasgo de excentricidad, muy propio de los Uxer, endogámicos y clasistas igual que la mayor parte de los nobles de la isla, como de pura solución práctica. Era evidente que la fortuna del padre, ya menguada, se había evaporado en manos de los gemelos y su educación elitista. La casa era suficientemente grande como para que los dos no se viesen en semanas. En cuanto a la hermana, apenas la había conocido, pese a mi curiosidad. Nunca estaba en la casa cuando yo visitaba a Rodric. La habían mandado a un internado de monjas.

Las primeras pinturas de Uxer fueron retratos anatómicos de Magdalena: dedos del pie, dientes y muelas, secciones de piel irreconocibles, mechones de cabello, una aleta de la nariz. La serie anatómica era obsesiva, interminable. Como siempre, empleaba sangre, si bien le añadía pigmento puro para mantener la viveza del color. Años antes yo tuve en la galería varios de esos cuadros («Pigmentos, sangre de Magdalena y collage», decía la nota sobre la técnica al dorso de la tela), de los que me desprendí a buen precio debido a las insistencias de un coleccionista. Después lo lamenté porque los cuadros de Uxer desaparecieron del mercado. Le escribí para organizar una exposición retrospectiva de su obra en el continente pero no obtuve respuesta. Durante los últimos diez años nadie había visto nada nuevo de Uxer. Mis colegas consideraban seguro que la enfermedad había hecho mella definitivamente en él y había dejado de trabajar. Se sabía que había recuperado muchos cuadros vendidos o regalados. Quedaban algunas decenas de cuadros suyos en museos pequeños y colecciones privadas. En cambio, numerosas webs de aficionados reproducían sus obras más extremas. Yo sospechaba que muchas de esas pinturas eran imitaciones y falsificaciones. Conservaban la técnica y el estilo, pero faltaba ese toque perverso, desagradable, que tenía la virtud de suscitar vergüenza ajena en el espectador.

Cuando bajo del coche empieza a llover. Desde el mar se acerca la tormenta eléctrica. La puerta está abierta. Una mujer obesa aparece por el pasillo que da al zaguán. Dice con acento extranjero que Uxer me espera en el estudio. Atravesamos la casa y salimos por una puerta lateral. La mujer me indica el camino que conduce a la construcción que he visto al llegar, emboscada entre plátanos y mimosas. Huelo la camomila que crece en un prado cercano, el aroma que asociaba de niño con Uxer. En esos cincuenta metros que me separan del refugio me calo hasta los huesos pues la lluvia cae torrencial.

No hay luz en el estudio y apenas percibo una sombra baja que va acercándose con un ligero zumbido. La voz de mi antiguo amigo —más meliflua y femenina que en su juventud— me llega lejana, como si viniese de tiem-

pos perdidos, irrecuperables. De repente está ante mí, en silla de ruedas. Demacrado, casi en los huesos, reconozco a Uxer en el brillo alucinado de sus ojos y, sobre todo, por su frente recta, alta y pálida, el rasgo más característico de su rostro. Lleva el pelo largo, hasta los hombros, se ha pintado los labios, también los ojos. Usa un maquillaje blanco que resalta sus pómulos. Viste ropas «anfibias», como se dice en el argot del arte. Zapatos negros de tacón no demasiado exagerado. Al saludarme, dejándose tomar la mano como una dama de salón de otro siglo, no puede evitar cierto desmayo en su artificial entusiasmo. Tras intercambiar saludos y «contraseñas» de la adolescencia, al modo de dos hormigas que se tocan con sus antenas en la oscuridad para reconocerse, me dice sin rodeos que se muere. Le pregunto cuál es su enfermedad y él contesta, sarcástico, que las tiene todas. Hace tres años que no puede andar. Primero fue una debilidad de las manos, hasta que ya no pudo siquiera sostener un lápiz. Luego apareció el dolor de espalda y las piernas sucumbieron. Siguieron otros males en cascada: las manchas en la cara, el insomnio permanente, la pérdida de visión por una degeneración de su daltonismo congénito. Sin olvidar el continuo tormento de los ruidos, de cualquier ruido, incluso el más leve, a consecuencia de la hipersensibilidad de sus oídos, que parecían absorber la fuerza perdida de los demás sentidos.

Solo las drogas me mantienen consciente, dice, de lo contrario vagaría en un territorio horrible de sopor doloroso y pesadillas diurnas. ¿Te acuerdas de la dexedrina, que algunos tomaban en la universidad para pasar los exámenes? Era mejor que la centramina, más sutil. Una anfetamina de última generación, diez veces más potente y eficaz que la dexedrina, es la responsable de que pueda hablarte, de que te haya llamado. Sin ella ya habría muerto hace tiempo en un hospital. Como Magdalena, que murió el domingo. Un domingo. ¿Qué día es hoy?

Viernes, respondo.

Magdalena tenía la misma enfermedad que yo. Una variante, añade tras una pausa en que su mano derecha (Rodric Uxer era zurdo, recuerdo en ese momento) se mueve de manera convulsiva como si quisiera sacudirse algo de su chaqueta. Mi padre murió de la misma dolencia. Qué importa el nombre, va cambiando con los años. Solo hay un nombre que valga y nadie se atreve a decirlo.

¿Quieres ver a Magdalena?

Cómo adoro la lluvia, dice con coquetería femenina, y se dirige al exterior accionando el motor de su silla. Me subo el cuello del abrigo y avanzo a tientas tras él (me resisto, aun ahora, a cambiar el género de mi amigo, porque es como falsificar el pasado), golpeado por el aguacero. Los frecuentes relámpagos iluminan fugazmente el lugar. Nos dirigimos a la zona del antiguo estanque. Entiendo que nuestro destino es la abertura circular que he visto antes. El brocal de un pozo. Un cable de acero pende en el centro de la boca, de unos dos metros de diámetro. Uxer toca con la yema de un dedo la pantalla que lleva fijada a la silla y se hace la luz dentro del pozo. Me anima a mirar. Aquí está Magdalena, dice bajando la voz. Como a mí, siempre le gustó el agua. Es nuestro elemento. El elemento de los Uxer. La sangre y el agua.

Del cable pende una urna de cristal. En ella hay un cuerpo desnudo, ambiguo, andrógino, flotando en un líquido transparente. Magdalena, a la que nunca vi en vida, es un hombre en la muerte. O al menos no *consigo* ver una mujer. La urna se mueve con un ligero vaivén, como un péndulo a pocos centímetros sobre la superficie del estanque de color rojo oscuro. Color sangre arterial, dice Uxer detrás de mí. Trescientos kilos de óxido de cinabrio.

Esta es la cripta de Magdalena. Al final, conseguimos ser lo que somos. No es una frase: me refiero a Magdalena y a mí. La naturaleza, a la que se sometieron los románticos y ahora aún más estúpidamente los ecologistas, se equivoca tantas veces... Sonríe, con una sombra de amargura pero de triunfo, también, en la comisura de sus labios muy rojos. Magdalena y yo vivimos juntos pero en la muerte debemos separarnos, murmura Uxer

como para sí. No hay espacio para los dos aquí. A él
—sic— le gustaban los espacios cerrados. A mí, por
el contrario, siempre me fascinó..., cómo decirlo, el infinito. Las moléculas del infinito.

El bulto sobre la silla queda inmóvil. La luz del pozo se
ha extinguido. Apagón general. De la casa no hay ahora
traza alguna, como del resto del jardín. Los relámpagos
no son de gran ayuda para situarse, duran demasiado
poco. Gracias a la luz azul de la pantalla de Uxer, acopla-
da a su silla, veo que mi amigo se ha sumido en un pro-
fundo sueño. Apenas respira. Los huesos de su frente
poderosa, alta y pálida, pugnan por salir de ella. Sus ojos
cerrados se hunden como en la ciénaga seca y negra del
maquillaje. Tal vez le ha dado un ataque. Le toco un hombro y me parece tocar una estatua de bronce. No puedo
permitir que perezca así, empapado por la lluvia, me digo.
Debe verlo un médico. Hay que llevarlo a un hospital.

Marco el número de emergencias en mi móvil, pero
antes de que me contesten Uxer vuelve en sí como de
una siesta instantánea y dice: no temas, también tengo
esa enfermedad que me urge a dormir en cualquier
momento, en cualquier lugar. Te he llamado porque tú
eres el único amigo que he tenido. Además, añade, apre-
cio tu sensibilidad. Sabes, por ejemplo, que la belleza es
el comienzo de lo terrible. Algo que muchos de tus colegas del arte ignoran.

Disfruta de la tormenta, como yo hago. ¿Magnífica, verdad?, dice como si fuera también obra suya. Hace tiempo que renuncié a juzgar o ajustar cuentas. Sé lo que me espera. No hay fuerza alguna que pueda impedir que cumpla mi destino. ¿Recuerdas las palabras lúcidas, pesimistas, de Salomón? Es lo único que ha quedado en mi mente de tantos sermones bíblicos de nuestros maestros jesuitas: «Porque todos sus días no son sino dolores, y sus trabajos molestias, pues ni aun de noche su corazón reposa». Siempre me ha intrigado por qué Salomón no se suicidó, por qué Schopenhauer murió de viejo en su cama, el muy sinvergüenza.

Gira la silla y acelera diciendo: he montado una exposición de mi obra en el primer piso. Quiero que la veas. De mi obra y la de Magdalena. Sin él —sic— habría carecido de motivos, de interés por lo que hacía.

La luz eléctrica ha vuelto a la casa, impermeable a la modernidad. Todo tiene un aspecto vetusto y ajado. Se nota más la huella del bisabuelo de Rodric Uxer que la suya propia en las alfombras desteñidas y deshilachadas, en los cuadros oscurecidos, las cortinas mugrientas y las telas de las paredes. Llegamos a un ascensor. Arriba, el ambiente es más moderno, estilo años cincuenta. Muebles de patas finas, colores pastel. Una sala vacía tiene una barra de acero que la atraviesa de un extremo a otro. De ella penden, como reses en un matadero, cabeza abajo, una veintena de maniquíes vestidos con las batas de nuestro antiguo colegio. De dónde las habrá sacado, esas batas. Las caras de los niños son una caricatura perfectamente reconocible de aquellos compañeros dejados atrás hace tanto tiempo.

Faltan dos, dice Uxer.

Creía que estabas al margen de las miserias de la escuela, que no te concernían, digo. Y así era, responde divertido por mi perplejidad. Nunca me importaron nada. Miserias, exacto. Excepto por los celos, añade, mirándome fijamente a los ojos. Los celos.

Unas gotas de sangre en el suelo de linóleo nos conducen a la estancia en la que desemboca este conjunto de salas comunicadas entre sí. Era la capilla de la casa. Todavía quedan restos del altar y del retablo de talla dorada. Allí están las pinturas anatómicas y las fotografías de su hermana gemela. De su lenta pero inexorable transformación. Podrían parecer pornográficas a primera vista, pero una aureola mística las envuelve. Son como las pruebas plásticas de los estigmas de una virgen, de su tránsito doloroso, sublime, a la santidad. Una gran pared está cubierta de arriba abajo con los bocetos para la cripta del estanque. Asombra la meticulosidad con que Uxer preparó ese mausoleo húmedo y claustrofóbico. Del techo va emergiendo una voz, un canto, o quizá sea más bien un lamento que va subiendo de tono. Pronto son gritos desgarradores, cuyo eco devuelven las paredes encaladas. Es él, dice mi antiguo compañero, mientras yo busco inútilmente con los ojos la salida de esa cámara de tortura. Sus últimos días.

Un ruiseñor o un cisne. Uxer parece indeciso ante ese dilema.

No hay un orden cronológico en el museo que me muestra mi anfitrión. En otra sala, pintada de un color anaranjado, parpadean diversas imágenes que se entrecruzan, proyectadas en las cuatro altas paredes y en el techo. Las manos negras de un pianista. Lomos de tigre moviéndose sinuosa, continuamente. Parloteo de delfines. Espejos que alguien rompe a martillazos una vez y otra, como si fuera la superficie de un estanque helado y romper espejos fuese una tarea diaria por la que le pagasen. Una excursión en barco de vela. Uxer a la rueda del timón, todavía joven, desnudo y completamente depilado, la cabeza afeitada. El mar, trescientos sesenta grados de mar agitado. Un enjambre de gaviotas sobre una chalupa ruinosa llena de basura y carne podrida. El brocal de un pozo visto desde abajo, desde dentro, mientras la luz se extingue lentamente como el obturador de una cámara de cine mudo.

Dejemos atrás las obras primerizas, dice Uxer pasando con un acelerón súbito dos salas más pequeñas llenas hasta los topes de pinturas amontonadas en las paredes y cubriendo el suelo; telas, cartones y papeles sin orden alguno. Dejamos también atrás una sala con fotografías de animales muertos en las carreteras, tomadas por él mismo y coleccionadas desde que tenía doce años. Deprimente. Llegamos por fin a una larga galería que cubre toda la fachada marítima de la casa. Sus ventanales tienen al menos cinco metros de altura. Uxer, haciendo uso de la pantalla de su ordenador, acciona el mecanismo que retira las cortinas de esos ventanales. Apaga los focos, de modo que solo unos candelabros eléctricos quedan encendidos sobre veladores colocados a lo largo de la galería.

El fogonazo de los relámpagos ilumina brutalmente las pinturas colgadas en la pared, las maquetas de casas y templetes sobre podios. La casa Uxer es el único tema de la galería. Todos los ascendientes en línea directa de mi amigo están allí representados en efigie y a través de sus objetos, como ropajes y armas. Reconozco a su padre, a quien vi alguna vez escurrirse por el hueco de una puerta. El resto son dibujos de la casa, cornisas y adornos, piedras y hiedra. Escalinatas, verandas, alféizares, capiteles, bóvedas, detalles de los sótanos, hasta el menor y más escondido rincón de la mansión y sus alrededores está representado aquí. Lo que quiere decir que Uxer ha visto y registrado cada detalle, ha hecho suyo todo. La casa le pertenece del mismo modo que él es un elemento de ella: ambos fundidos como uña y carne de un mismo cuerpo.

Un cuerpo muerto, oigo decir a Uxer a mi lado, como si intuyese mis pensamientos. Con un gesto violento, Uxer aprieta su índice en la pantalla y los siete ventanales se abren de par en par. La tormenta, que hasta entonces solo era una lejana proyección de luces y sombras, el teatro de guiñol de una naturaleza aburrida de repetirse, penetra de golpe en la galería. La fuerza de la gélida tramontana es tal que arranca en segundos los cuadros de las paredes y todos los objetos vuelan y nos golpean. Los candelabros y sus veladores ruedan por la estancia mojada. Me agarro a la silla de Uxer. Es como si hubiéramos salido al puente de un barco en una tremenda galerna, un barco que está a punto de hundirse. Incluso siento en el rostro mezclada con la lluvia la espuma del mar, que llega hasta aquí en ráfagas furiosas.

Uxer se acerca al ventanal, que carece de protección, pues solo es un grueso cristal que se desliza sobre un raíl. El brutal golpe de viento lo arroja al suelo con la silla, a la que permanece atado con un cinturón. Se debate allí arañando la tarima, como si intentase alcanzar el borde y arrojarse al vacío. Le ruego que cierre los ventanales, que la casa entera va a volar y nosotros con ella. Pero no quiere o no puede oírme debido al estruendo. Me inclino sobre la pantalla encendida y busco desesperadamente cómo cerrarlos, hasta que encuentro «windows-gallery3» y apoyo un dedo sobre el icono.

Levanto la silla a duras penas. Uxer está encogido, rígido. Intenta hablar, pero no sale ningún sonido inteligible de sus labios. Con dificultad tantea el flanco izquierdo de la silla. Se hace con un tubo cubierto de celofán. Lo alza y lo hinca con fuerza en su muslo izquierdo, como acuchillándose. Poco a poco se recupera, a medida que el contenido de la jeringa circula por sus venas.

La atmósfera del lugar, todo lo que había visto y la presencia de Uxer, con su transformación inesperada, habían hecho mella en mí a estas alturas. Apenas hacía dos horas que había llegado a la casa Uxer y me parecían semanas o meses. Y así era en realidad, porque mi ánimo había experimentado más cambios bruscos y sufrido más cargas de profundidad en esas dos horas que durante meses enteros. De ahí que, como el tiempo es solo una formulación subjetiva, ridícula en realidad, lo que ocurrió *después* se revuelve sin cronología precisa en mi mente. La inyección provocó en Uxer un cambio increíble. Se volvió mucho más hablador, mundano y distante. Y lleno de energía. Descendimos a la planta baja. Todos los relojes de la casa anunciaron las siete. Mi amigo comentó en tono jovial que la mesa debía de estar servida. En el comedor ardían unos candelabros y la plata refulgía.

Uxer se movió alrededor de la mesa haciendo malabarismos con su silla y sus manos como un mayordomo experto en cenas de gala. Servía el vino y las viandas. Comimos y bebimos como si fuese nuestra última cena. Cuando pude darme cuenta había sobre la mesa tres botellas de Chateau Cannon de 1970 vacías. Uxer se escoraba peligrosamente en su silla, y había presentado ya su dimisión como mayordomo. Me acordé de aquella película que solíamos ver la última noche del año con mi segunda mujer, *Dinner for one.* Tras el postre, *mousse* de grosellas sobre un lecho de salsa de fresa, yo esperaba que me diría por fin por qué me había llamado, qué deseaba de mí. No me había hecho ninguna pregunta, ni siquiera de compromiso, sobre mis ocupaciones ni mi vida privada. Como si no esperara otra cosa más que yo viviese en el mismo sitio donde vivía la última vez que jugamos al Scalextric, treinta años antes. Y que todavía fuese a la escuela y escuchase cada mañana, rígido de frío, el himno nacional. Personas como Uxer no quieren saber nada de los cambios en los demás, de la evolución imperdonable de los otros.

A las diez en punto, después de varias copas de Oporto bebidas en un salón contiguo que tenía una enorme mesa de billar con el tapete verde comido por las polillas, y tras largos minutos de silencio y quedarse dormido varias veces en mitad de una frase, Uxer me acompañó a la puerta y me deseó, apretando mis manos entre las suyas, frías y firmes, buena suerte.

Cuando subí al coche estaba más aturdido por su comportamiento en la cena que por todo lo anterior. Del brocal del pozo donde yacía Magdalena se evadía un exasperado canto (cisne más que ruiseñor) y una luz roja se alzaba como un rayo láser hacia el cielo. Sentía que quedaban asuntos por zanjar entre mi amigo y yo, muchas cosas no dichas. Aunque no sabría precisar cuáles. Quizá fuera el efecto del alcohol, cuyos vapores seguían abotargando mis sentidos. Al mismo tiempo, me sentía aliviado por dejar aquella casa como si hubiera superado una prueba difícil. Me tocaba el pecho bajo el abrigo para palparme y así confirmar mi consciencia y realidad. El caso es que, seguro en el coche, emprendí el regreso bordeando el estanque cubierto. Alcancé el repecho del sendero y un presentimiento repentino, relacionado con algo que Uxer había dicho al descorchar la tercera botella de Chateau Cannon de 1970, me hizo detenerme y lanzar una mirada a la casa por el retrovisor.

Salí del Lotus. Ya no llovía. Las ráfagas del viento eran más violentas. Me agarré a la puerta para mantenerme en pie. De repente, la mansión, un instante antes en penumbra, se iluminó desde los sótanos al tejado como un gran teatro de la ópera en noche de estreno. Todas las ventanas estaban abiertas. Haces de luz se proyectaban sobre el mar revuelto y espumoso como si buscaran barcos enemigos, a modo de torpedos disparados desde submarinos. También en el cielo se cruzaban los potentes haces de luz. Podría ser una fastuosa fiesta de aniversario, o los signos últimos de una batalla definitiva.

Vi una silueta en el ventanal que se abría a un balcón, en el centro de la casa. Es Uxer, subido en su silla como una amazona sobre un caballo. Su *foulard* flameaba siguiendo el alboroto de sus cabellos largos. Entonces, sobre el estanque clausurado, se empezaron a separar, a ambos lados del pozo, grandes losas de hormigón. Dentro, el agua roja parecía hervir y se desbordaba, como si hubiesen abierto unas esclusas. El líquido se precipitaba hacia la casa y penetraba en ella anegando la planta baja. La mesa en la que hemos cenado, los candelabros y los muebles de otro siglo: todo era arrastrado por el agua. El estruendo del viento, la luz y el agua roja componían una fascinante escena irreal. Miraba paralizado por el asombro y el horror cuando percibí una explosión y enseguida un temblor agitó la tierra bajo mis pies. Varias grietas se abrían a pocos metros de donde yo me encontraba. Pronto la zona donde se asentaba la casa se fue convirtiendo en un entramado de simas que se van separando más y más, acantilados terrestres que se llenaban del agua roja, hirviente, precipitándose sobre la casa.

Pensé en tomar una fotografía de la catástrofe con el móvil, un testimonio de aquella destrucción calculada, pero mis manos seguían crispadas agarrando la puerta del Lotus. No podía moverme. Lo primero que se desplomó fue el estudio, en un barullo de cristales rotos. Luego el ala sur, y enseguida el resto de la casa se deshizo lentamente desde los cimientos al tejado, hasta aquellas almenas flamígeras. Solo la luz del pozo, donde cantaba Magdalena, permanecía encendida mientras el resto de la casa Uxer se precipitaba al mar entre un gran remolino de espuma, como el final apoteósico de una obra maestra que ya nadie iba a poder apreciar.

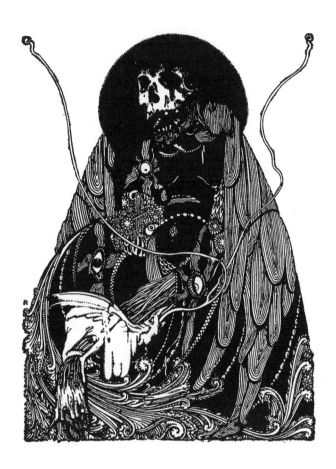

SOBRE *EL CUERVO* DE POE | LUIS ALBERTO DE CUENCA

LUIS ALBERTO DE CUENCA

(Madrid, 1950)

Doctor en Filología Clásica por la Universidad Autónoma de Madrid, es Profesor de Investigación en el Instituto de Lenguas y Culturas del Mediterráneo y Próximo Oriente del CSIC. Ha sido Director de la Biblioteca Nacional (1996-2000) y Secretario de Estado de Cultura (2000-2004).

Es autor, entre otros libros de poesía, de *La caja de plata* (Renacimiento, 1985, premio de la Crítica; edición de Javier Letrán: Fondo de Cultura Económica, 2002), *Por fuertes y fronteras* (Visor, 1996; 2.ª ed. ampliada: Universidad Popular José Hierro, 2002), *Los mundos y los días. Poesía 1970-2002* (Visor, 3.ª ed. ampliada, 2007) y *La vida en llamas* (Visor, 2.ª ed., 2008).

Entre sus libros de prosa figuran *Necesidad del mito* (Planeta, 1976; Nausícaä, 2008), *El héroe y sus máscaras* (Mondadori, 1991), *Etcétera* (Renacimiento, 1993), *Señales de humo* (Pre-Textos, 1999) y *De Gilgamés a Francisco Nieva* (Ediciones Irreverentes, 2005). Como traductor, obtuvo el Premio Nacional de Traducción en 1989 con su versión del anónimo *Cantar de Valtario,* epopeya latina del siglo X.

UNA NOCHE DE UN FRÍO DICIEMBRE, ME ENCONTRABA
solo en mi biblioteca, pensativo, tan solo
que ni los viejos libros ni los mil cachivaches
que abruman los estantes me hacían compañía,
tan solo como un náufrago después de la tormenta,
como un tucán en medio del desierto de Gobi,
como un tigre en el Congo, como un ornitorrinco
en Siberia. Muy solo, muy cansado, hecho polvo,
sin ganas de vivir, paseando la mirada
sobre un libro de Dover con *The Raven* de Poe.

Un libro que incluía las estremecedoras,
formidables, siniestras, locas ilustraciones
de Gustavo Doré, y que justificaba
por eso su existencia, porque era una edición
vulgar, sin interés, de esas que sobreabundan
en los expositores de los Vips. (Recordé
haber leído también la traducción francesa,

hecha por Mallarmé, del poema de Poe,
y fui en su busca. Nada. Ni rastro de ese libro:
lo había extraviado para siempre jamás.)

Tuve que conformarme con la edición de Dover
y sus extraordinarias estampas de Doré.
Fui pasando las páginas como si aquello fuese
un incunable, absorto en las estrofas mágicas
de aquel a quien Ramón llamó «genio de América»
en una biografía exquisita y absurda
que publicó en Losada hace un montón de años
y que tuve y no tengo manera de encontrar.
(No sé qué harán ustedes cuando pierden un libro:
yo me sumo en un pozo de oscuridad atroz.)

Basta de digresiones. Les contaba que un día
—una noche, más bien— de un gélido diciembre,
me encontraba sentado en un sillón de orejas,
rodeado de libros, solísimo en el mundo,
hojeando *The Raven,* el poema de Poe,
en una edición ruin a la que rescataba
del desastre Doré. Pues bien, seguí leyendo
en voz alta y despacio, paladeando las sílabas,
la inigualable música con que engarza el poeta
las perlas de su duelo y de su malestar.

En las noches de insomnio las sombras tienen alas,
como el cuervo de Poe. Vienen desde muy lejos
a anunciarnos que nunca volveremos a ver
a nuestra amada muerta, por mucho que busquemos
en las fotografías de entonces, en las calles
de Madrid, despojadas de sus ovulaciones
y sus cambios de humor, de su tibia dulzura
(cuando la desplegaba), de sus ojos (¡sus ojos!),
de sus delicadísimas orejas de soplillo,
de su tierno, silvestre, nutricio corazón.

En las noches insomnes de diciembre —el catorce
murió— las sombras tienen alas negras de cuervo
que invitan a viajar por el espacio libre,
por ese cielo azul que no es azul ni es cielo
(que diría Argensola), y surcar las etéreas
salas rumbo a la playa donde tanto lloramos
una tarde de agosto, sintiéndonos vencidos
por el amor y por sus trágicas ficciones,
indefensos, inermes ante las crueldades
del deseo, juguetes en manos del azar.

Pero no sólo hubo llanto y desvalimiento.
Recuerdo aquella torre frente al mar como un símbolo
de la complicidad. Desnudos como ángeles
triunfantes, en los muros del desván escribíamos

frases como «El invierno de nuestra desventura
se ha transformado en un maravilloso estío»,
«La ciudad es mi selva», «Yo voy mucho más rápido
que tú, mucho más lejos», «Ama y haz lo que quieras»,
«Todos esos momentos acabarán perdiéndose
como lágrimas en la lluvia», «¿Quién soy yo?».

Con qué las escribimos no lo sé. ¿Fue con sangre?
La verdad es que ambos teníamos de sobra
para dar y tomar. Luego tú acabarías
vaciándote de todo. «Estaba tan oscuro
que me bañé en tu luz.» «En mi cuarto he colgado
los retratos de otras porque no tengo el tuyo.»
Y las cartas, las cartas, obsesivas y tórridas,
avivando la hoguera de la pasión, quemando
los bosques a su paso e incendiando las mieses.
Aquellas cartas-bomba que no sé dónde están.

Montaigne hizo pintar en las vigas del techo
de su castillo, cerca de Burdeos, las frases
que le habían gustado más. Tú me lo contaste
en una carta ardiente, suspicaz, quebradiza,
donde, además de sexo, me dabas argumentos
para justificar las paredes pintadas
del desván, en la torre de nuestras entelequias,
cuando éramos felices y aún no habías cruzado

el espejo maldito, dejándome sin brújula,
sin *Lebensraum,* sin norte, sin aire, sin amor.

En las noches de insomnio me invade tu perfume
como una vaharada fantasmal, y lo aspiro
como si fuera polvo de silencio y de ruina
y, a la vez, como un tiro de insondable placer
que, como el *Ewigweiblich* de Goethe, me conduce
al cielo, donde tú vives eternamente
y donde viven tipos como Borges y Tolkien,
y Shakespeare y Alex Raymond, y Hawks y Milton Caniff,
y Stevenson y Ariosto, y Potocki y Cazotte,
y chicas como Mae West y Hedy Lamarr.

Ha llegado la hora, en esta noche helada
en que sólo me tiende la mano el viejo Poe,
de salir de este pozo de soledad. Al cabo,
como dijo Izaac Walton, «buena ha sido la juerga
que no obliga a mirarse con vergüenza unos a otros
la mañana siguiente». Y así fue nuestro baile,
al ritmo del tam-tam de los pigmeos *bandar*
de la Selva Profunda. Una danza de muerte
y destrucción y, al tiempo, un sutil bamboleo
al compás protector de la imaginación.

En la primera lámina de Doré se distingue
a un hombre devorado por unos cortinajes
que intenta descorrer y que operan a modo
de telón de teatro, con un cartel arriba,
a la izquierda, que pone *Nevermore,* y en la parte
derecha, un esqueleto y un cuervo con las alas
desplegadas. En tales disecciones me hallaba
cuando el cuervo saltó del papel a mis brazos,
en busca de emociones nuevas, pues se aburría
mortalmente en el libro. Y graznó: Nunca más.

EL VIENTRE DE SATURNO[1] | MONTERO GLEZ | *EL MISTERIO DE MARIE RÔGET*

[1] Cuenta la leyenda que Saturno fue tan mal hijo que castró a su padre con la intención de hacer juegos malabares con sus pelotas. Y que no contento con tal jolgorio, le mandó a paseo, desterrándole de su vista para siempre. A fin de no correr la suerte de su padre, Saturno fue devorando a sus hijos, uno por uno, hasta que, al llegar al sexto, su mujer envolvió una piedra con unos pañales. Saturno cayó en la trampa y, después de ingerir la piedra, se tumbó a dormirla. Así, aquel pequeño que había sido salvado con engaño creció hasta llegar a una altura suficiente para hacerle a su padre lo mismo que este hizo a su abuelo, pero asegurándose de que vomitara a sus cinco hermanos antes de partir al destierro. Según cuenta la leyenda, de esta manera nació la Asamblea de los Dioses, es decir, el Olimpo.

MONTERO GLEZ

(Rota, 1960)

Es autor de las novelas *Sed de champán* (Edhasa, 1999), *Cuando la noche obliga* (El Cobre Ediciones, 2003), *Manteca colorá* (Taller de Mario Muchnik, 2005) y *Pólvora negra* (Planeta, 2008; premio Azorín), así como del volumen de cuentos *Besos de fogueo* (El Cobre Ediciones, 2007).

Colabora en distintos medios y bajo diferentes seudónimos. Ha reunido sus artículos de opinión en *Diario de un hincha, el fútbol es así* (El Cobre Ediciones, 2006) y *El verano: lo crudo y lo podrido* (Taller de Mario Muchnik, 2008). Su obra ya se ha traducido al francés, holandés, italiano y ruso.

UNO

SUCEDIÓ EN LONDRES, A PRINCIPIOS DEL SIGLO PASADO. POR aquel entonces, raro era el día en que las aguas del Támesis no amaneciesen cubiertas con la sangre oscura del aborto. Un sopor de piedra envolvía algunos fetos, mientras otros flotaban como esponjas. Por decirlo de alguna manera, las prácticas abortistas se extendían en Londres cual ladillas sobre monte de Venus. Y esto último era asunto que excitaba la curiosidad pública de la época.

Varios fueron los periódicos que agotaron sus tiradas al hacerse eco del suceso. Y hasta hubo un semanario que dio fotografías de un feto, poco más de seis meses y cordón umbilical alrededor del cuello. Ante tanto alboroto, al jefe de la policía no le quedó otra que sacarse el puro de la boca e improvisar diligencias, dando orden de arrasar domicilios así como sujetos que se relacionasen con tales prácticas. Argumentando que la Naturaleza y Dios forman un todo único, los policías destinados a tan honorable misión pusieron a trabajar a sus chivatos. Una niebla de acusaciones envolvió la ciudad.

Enrico Malatesta, anarquista exiliado en Londres, fue detenido en su domicilio por dos agentes de policía y llevado hasta un merendero, cerca del río, con el objeto de probar si las huellas de sus zapatos se correspondían con las encontradas en la orilla, frescas aún y localizadas junto a otras menos profundas, y que al jefe de la policía se le antojaron parecidas a las huellas de un feto al ser arrastrado. Después de la comprobación, Enrico fue conducido a Scotland Yard para declarar acerca de un aparato de oxígeno hallado en su domicilio. Al final, el anarquista italiano fue puesto en la calle cuando una tal Georgina Hill confesó ser la mujer que había abortado cerca del merendero, reconociendo haber estrangulado al feto con el cordón umbilical, antes de arrastrarlo al río.

Además, la tal Georgina reveló que el hijo era producto de una noche de pecado que tuvo con dos hombres a la vez. Dio sus descripciones, así como sus señas. Uno era muy moreno, el otro menos. Ambos vivían en Sydney Street. El jefe de la policía, mirada perruna y puro entre los labios, movilizó a una montonera de hombres[2]. Él

---

[2] El número de efectivos movilizado para tal operación fue de 400, colocados en dos baterías, una a cada extremo de la misma calle. De esta forma, y disparando de forma alterna, conseguirían

mismo dirigiría la operación desde primera línea. Por decir no quede que el pavimento de la calle retumbó con su llegada. Apareció subido en lo alto de un carro, rodeando con su brazo el cañón de la ametralladora. Antes de dar la orden de abrir fuego, ajustó la mirada hacia la ventana de la casa. Iba a roerles los huesos.

Las descargas de la fusilería se alternaron de un extremo a otro de la calle. Cada poco, el tableteo de la ametralladora contagiaba las fachadas de viruela. Cercana la noche, el jefe de la policía, con el cuello del gabán subido hasta las orejas, encendió el último puro que guardaba en el bolsillo. Aspiró hondo y dio orden de prender fuego a lo que había quedado de la casa. Nadie se opuso, ya se sabe que nunca hay que meterse entre un perro y su hueso. A partir de entonces, el jefe de la policía, Winston Churchill, pasaría a ser reconocido como el héroe de Sydney Street.

---

hacer contrapunto sobre la casa donde se escondían los culpables de haber corrido el vientre de Georgina Hill.

DÍAS DESPUÉS DE LOS SUCESOS, UN JOVEN ATRAVIESA LA CIUDAD en bicicleta. Cuenta poco más de treinta años y todavía el mostacho le queda como un postizo sobre su cara de mozalbete. Un corazón pasado de revoluciones anima su pedaleo y, en el bolsillo de su chaqueta, carga una pistola. Es anarquista, su nombre es Pedro Vallina y responde al apodo del Tigre.

De mirada gatuna y dedo ágil, el Tigre fue nacido en Guadalcanal, como él solía decir. Sevillano pues, tuvo que salir de España y echarse a Francia, desde donde sería expulsado a Londres, años más tarde, junto a otros anarquistas de la época[3]. Mientras se mantuvo en la clandestinidad, el

---

[3] El Tigre se vio implicado en el atentado sufrido por Alfonso XIII en París el 31 de mayo de 1905. Salió libre del juicio debido a que no se pudo probar nada en su contra. Sin embargo, muy pronto sería expulsado de Francia. A primeros de mayo de 1906 fue conducido en tren hasta la ciudad de Dieppe. Desde allí atravesó el

Tigre ejerció su labor de médico por los barrios londinenses más desfavorecidos, prodigando remedios y dando calor a las conciencias. Se movía en bicicleta y lo hacía por las noches, no permitiendo que ninguna luz proyectara su sombra.

Aunque el suceso había ocurrido días atrás, los rescoldos de Sydney Street perforaban la niebla, igual que brasas. Fuego loco que al Tigre incendiaba por dentro, de ahí el brillo de la aventura en sus ojos fieros. Scotland Yard había distribuido su retrato por todo Londres, y el jefe de la policía, Winston Churchill, ofreció una recompensa de su propio bolsillo, o eso dijo, por la captura del Tigre. Ante tal acoso, el anarquista italiano Enrico Malatesta sugirió al Tigre que se afeitase el mostacho. Con todo, al Tigre le sonrieron los bigotes pues la idea de distribuir retratos con su jeta era un asunto que nunca daría resultado.

Según el Tigre, la policía creía saber cómo funcionaba la cabeza de un hombre en este sentido. Primero se mira la fotografía y luego se buscan tipos que se parezcan a ella. Sin embargo, para el Tigre, los mecanismos de la mente humana no eran tan sencillos como la policía conjeturaba. Según él, en la mayoría de los casos, la mente, siempre predispuesta a encontrar puntos de semejanza, olvidaba las diferencias y sucedía que se encerraba al

---

Canal de la Mancha, y desembarcó en la costa inglesa, en la ciudad de Newhaven.

que no era. Por lo mismo, el Tigre sostenía que en las cárceles todos eran inocentes.

Y así iba el Tigre, con su mostacho de puntas semejantes a los cuernos de un carnero y sus ojos felinos, abiertos a la noche, igual que en el retrato que había distribuido Scotland Yard por toda la ciudad de Londres. Pedaleando, a través de la niebla, cruzó Charing Cross y entró en un barrio oscurecido por el humo de las chimeneas. La hoyanca de Whitechapel, llamaban a aquel suburbio londinense donde se acumulaba la parte podrida del mundo. El Tigre se bajó de la bicicleta y, llevándola del manillar, fue esquivando los cuerpos que dormían al raso, unos pegados a otros. De madrugada, se incorporarían en tropel, como en el viejo cuento, abriéndose camino entre los penachos de humo negro, dispuestos a guerrear entre ellos por un empleo. Aunque la actividad de las fábricas era incesante, el ejército industrial de reserva se entrenaba para la Gran Guerra con la tripa pegada de hambre[4].

---

[4] En agosto de 1914, ante la invasión de Bélgica por parte de Alemania, Inglaterra declarará la guerra a Alemania. El hombre terrenal no había imitado a sus dioses paganos y aún no habían constituido la Asamblea de Naciones Unidas, emulando a los hijos de Saturno liberados que fundaron el Olimpo. Todavía no existía distinción entre guerra legal e ilegal.

Las botas crujieron, culpa de la humedad que se colaba por las suelas. El viento aullaba como manada de lobos y traía el polvo y las astillas. De vez en cuando arrastraba las hojas de algún periódico, formando remolinos de noticias. Titulares donde la sangre tibia del aborto cortaba las aguas del Támesis.

Había escondido la bicicleta bajo las escaleras de la entrada, media docena de peldaños fregados con el orín de la incontinencia. No es que fuera un buen sitio, pero de momento no había otro. Una vez disimulada la bicicleta, se acomodó la pistola. Y con la mano en el bolsillo ojeó la calle, por si alguien le seguía. Al comprobar que la noche no ofrecía peligro, se acercó hasta la puerta de un antiguo almacén y golpeó con los nudillos. Al poco, escuchó la decisión de los pasos. Uno, dos, tres, cuatro. Aplastando su nariz contra el cristal atisbó la figura del compañero, que venía con un candil en la mano. Se trataba de Enrico Malatesta, el anarquista italiano de flacura teatral y distinguida. A la luz del candil, sus pómulos eran rugosos y duros a la vista, semejantes a dos nueces. Luego estaba la barba, igual que una llama invertida por el fuego. El aliento del Tigre se quedó pegado en el vidrio como nube de vapor, durante un instante. Entonces, Enrico Malatesta abrió la puerta y el chirriar de las bisagras fue un gemido más de la noche.

Nada más entrar, su instinto felino le puso sobre aviso del peligro que le acechaba. Enrico acusó la tensión de su compañero y desparramó la luz del candil por la galería. «Desde que el héroe de Sydney Street juega a los dardos con tu retrato, pareces nervioso». El Tigre sonrió con medio bigote, y fue al escuchar las toses cuando le vino la crispación al rostro. Sin dejar de acariciar pistola, el Tigre penetró en la oscuridad y se abrió paso por el local abarrotado de gente, hasta llegar al estrado. De un brinco se plantó en la tarima, clavada sobre unas cajas de frutas. Con ayuda del compañero Enrico, fue desplegando unos lienzos en todo el frente del escenario.

No había terminado de colocar el último y el reflejo del peligro ya le asomaba a los ojos. Arrugó el bigote, como si algo apestase cerca. Y mediante una indicación de barbilla, indicó a su compañero el lugar donde se distinguía a una pareja de hombres. Enrico Malatesta le devolvió la mirada y ensombreció el rostro. No había duda, eran los de la partida de la salchicha[5].

Uno era grandote, y el otro flaco y largo como un listón. Ambos llevaban mostacho y el que era como un

---

[5] Se denominaba así, con este mote, a los policías secretas debido a que disimulaban de manera torpe el bulto de su *salchicha* en el bolsillo.

listón lo apretaba contra el labio, igual que si no tuviera dientes. Con el semblante serio y la mano contra el forro del bolsillo, el Tigre estableció con su compañero que la señal sería un fogonazo. «Luego, despéjame el camino». Y sin más, enganchó el foco a un cable pelado que salía del techo.

Cuando la bujía de luz empezó a chisporrotear como aceite al fuego, el Tigre arrancó a ilustrar su plática: «Un padre siempre quiere lo mejor para sus hijos —decía, a la vez que señalaba el dibujo de un preservativo hecho a partir de una tripa de cerdo—. No obstante, esta telaraña para el peligro suele ser a veces un mal paraguas que puede romperse en medio de la tormenta». El Tigre, ante las risas de la concurrencia, se mostraba prudente, sin perder de vista el fondo, allí donde se destacaban los bultos de dos hombres. Uno de ellos, el del bigote prieto, seguía tomando notas.

Ahora el Tigre señalaba el dibujo de una vagina, abierta igual que una fruta en el centro del lienzo y toda ella saeteada por nombres científicos. «Para evitar embarazos no deseados, nada mejor que el coitus interruptus, apearse en marcha, vaya, pero pisando sobre seguro, esto es, con un lavado de asiento largo y con vinagre. Antes y después de cada coito». Así, el Tigre iba dando las recetas, señalando los diferentes métodos para hacer el amor sin peligros. Luego, para abundar aún más en lo de no traer hijos al mundo, el Tigre citaba la proporción por la cual, de seguir naciendo seres humanos, se acabarían las subsistencias y al final terminaríamos guerreando unos con otros[6]. Sin dejar de acariciar la culata de su pistola pintaba un trazo de humor sobre el grueso apocalíptico. «Para no llegar a ese extremo, hay que poner remedio pero, de momento, para acabar con el apetito, qué mejor que alimentarse de los bebés sobrantes». Hasta en los ratos más oscuros, aprovechaba el Tigre para pulverizar dioses de alabastro con el mortero pagano de su len-

---

[6] El Tigre exponía la teoría maltusiana, por la cual la población crece en progresión geométrica mientras los alimentos solo lo hacen en proporción aritmética. Dicho de otro modo, que la capacidad de crecimiento de la población es mucho mayor que la capacidad de la tierra para producir alimentos. El creador de esta teoría fue Thomas Robert Malthus (1766-1843), clérigo británico de patillas pobladas y estudios superiores en Economía. Aunque Marx criticó los postulados de Malthus calificando a este como abogado de la burguesía, lo cierto es que Malthus tuvo mucha influencia en el pensamiento de los llamados «hombres de ideas avanzadas». Así se revela en Darwin, en su concepto de lucha por la vida como origen de la selección natural de los más aptos. Sus medidas para el control de los nacimientos influirán en el pensamiento anarquista de principios del siglo XX.

gua. Al fondo del local, seguían los de la partida de la salchicha.

Después de perorar acerca del origen del ser humano, aseguraba que durante los nueve meses de preñez el feto pasa por los diferentes estados zoológicos que el hombre ha tardado en recorrer miles de años, desde que era un anfibio hasta llegar a su estado actual: «Un antropoide con vicios burocráticos». Dicho esto, el Tigre justificaba el uso de dilatadores cervicales, espéculos y pinzas largas que sustrajesen el embrión antes de hacerse renacuajo. Soluciones extremas, y «en extremo evitables», decía él, pues siempre, de primeras, había que intentar que reapareciese el flujo menstrual con ayuda de extractos hervidos y otros remedios caseros. Al fondo, los de la partida de la salchicha seguían con atención la conferencia. En el techo, los cables chisporroteaban como si de un momento a otro fuese a ocurrir algo. El Tigre esperó el fogonazo al filo del estrado. Fue un azul demasiado eléctrico, como el chasquido del rayo que anuncia la tormenta. Duró un segundo, que el Tigre aprovechó para huir, saliendo al escape del local. «¡Al ladrón, al ladrón! —gritaba Enrico Malatesta, apartando a empellones a todo aquel que estorbaba el paso del Tigre—. ¡Al ladrón!». Y así fue como el Tigre alcanzó la calle. Pero cuál fue su sorpresa cuando, nada más salir, miró a su alrededor y los ojos se le llenaron de cólera al darse cuenta de que le habían robado la bicicleta.

TRES

EL VIENTO HINCHABA SUS ROPAS. IBA CON LA PISTOLA EN LA mano y la mirada acuchillando la niebla. Por corazón llevaba una campana. Jadeante, recorrió el laberinto de callejuelas que formaban la hoyanca de Whitechapel. Torciendo a la izquierda, el Tigre se perdió noche adentro. Al rato, dos siluetas, una alta y la otra más gruesa, desaparecieron por el mismo sitio.

Cuando llegó hasta un edificio de ladrillo que cortaba la calle, el Tigre se detuvo. Había oído pasos tras él. Los de la partida de la salchicha le mordían los talones y al Tigre no le quedó otra que ponerse a gatear por el muro alto. Alcanzó el tejado. Mientras los murciélagos revoloteaban sobre su cabeza, el Tigre se descolgó hasta el patio interior. Una vez ahí, lanzó una fugaz mirada sobre sus hombros por si, desde algún ventanuco, le veían. De un puntapié abrió el portal y se plantó en una calle mal iluminada. Echó a andar por ella. Llevaba la mano metida en el bolsillo y agarraba la pistola como si apuntase el camino a seguir. Así alcanzó la primera esquina, donde el Tigre se detuvo a comprobar si venía alguien detrás. En vista de que el camino estaba despejado, continuó andando hasta más allá del final de la calle. Amanecía cuando el Tigre llegó a su guarida.

Se trataba de un sótano que le había proporcionado el compañero Enrico. Antes había servido como almacén de verduras y cobijo de ratas a la hora del amor. El Tigre había limpiado sus rincones, y ahora el único mamífero que allí reinaba era él. La estancia se había ido llenando de libros de esos que el Tigre llamaba importantes, y que iba dando uso según necesidades. Sin ir más lejos, se servía de los de Bakunin y Kropotkin para calzar la mesa. Y utilizaba a Klausevitz para atrancar la puerta por dentro. Pues bien, el Tigre encendió un candil y fue hasta la despensa. Sacó un trozo de queso envuelto en un paño y unas manzanas. Utilizando el cuchillo a modo de tenedor se sentó a la mesa y, con el carrillo inflado de queso, el Tigre movió bigotes y atiborró la andorga. Recogiendo con el cuchillo los restos de comida que quedaban en el plato, más la ayuda del dedo, los empujó hasta la boca. Luego se tumbó en la cama y agarró un libro que pronto se le caería de las manos. En su descenso, el Tigre quiso alcanzarlo, hundiéndose en un sopor de manzanas y queso fresco. Solo se despertó cuando aparecieron los de la partida de la salchicha. Entonces se levantó de la cama con una mirada turbia y pesada. «Quieto, no se mueva». Fue el más flaco el que se acercó a desarmarle. Continuaba con la manía del bigote, igual que si le doliesen las encías. Luego, el gordo soltó: «No quisimos molestarle en su propaganda pero, debido a la oscuridad que había en la sala, apenas pudimos tomar notas. Tiene que ayudarnos. Entiéndalo, ganamos un jornal muy reducido y no queremos aumentar el número de hijos».

Por un momento, el Tigre creyó haber encontrado esa región del cielo donde dicen que Dios se aloja y que los anarquistas combaten sin piedad.

EL CORAZÓN DE THOM YORKE | MARIO CUENCA SANDOVAL | *EL CORAZÓN DELATOR*

MARIO CUENCA SANDOVAL

(Sabadell, 1975)

Licenciado en Filosofía, ejerce como profesor de Secundaria en Córdoba, donde reside. Ha obtenido diversos galardones a su obra poética, entre los que destacan el IX Premio Internacional Surcos 2004 por *Todos los miedos* (Renacimiento, 2005) y el V Premio Vicente Núñez de Poesía por *El libro de los hundidos* (Visor, 2006). *Guerra del fin del sueño* (La Garúa, 2008) es su último poemario publicado.

Su primera novela, *Boxeo sobre hielo* (Berenice, 2007) recibió el premio Andalucía Joven de Narrativa en 2006. Y en 2008 obtuvo el Premio Internacional Píndaro otorgado por el Ministerio del Poder Popular para la Cultura de Venezuela por *Los mártires del balompié*.

Ice Age coming...
«Idioteque»,
Radiohead

NO SOY UN ENFERMO. LO QUE HICE NO FUE RESULTADO DEL aislamiento, de las noches eternas y los días inacabables en la base polar. Al contrario: la soledad perfecta agudizó mis sentidos y mi inteligencia. Desde mi puesto en el fin mundo —¿no sabéis dónde queda el fin del mundo?— podía oír cómo giraba el eje de la Tierra y mi lucidez sobre todos los asuntos era absoluta, como si el aislamiento me hubiera convertido en una máquina de rayos X. El enfermo, en todo caso, sería Thom. Debo decir que no era un mal tipo, que nunca me hizo nada, que me volvían loco sus canciones, que yo no le deseaba ningún mal, al contrario: sentía una admiración infinita por su talento y por su decisión de retirarse del mundo, ermitaño con el cerebro devorado por el MDMA, poseído del anhelo de morir lejos de la especie humana. Una decisión que yo valoraba como un ejercicio poético de altura: el escolio a una vida de creación y delirio, a una alternancia entre el éxito y la depresión y el éxito en la que Thom se enroscaba como una serpiente enferma, como una serpiente loca.

Así que no me llaméis loco, el que de verdad estaba loco era él. Sus pensamientos estaban hechos de dinamita. Su pensamiento era un circuito obsesivo de versos a los que volvía una y otra vez, de los que no podía salir, un pensamiento atrapado dentro de un pensamiento: «No estoy aquí», «no estoy aquí», «esto no está sucediendo». Las letras de aquellas canciones. Porque ¿qué quiere decir «un estrechamiento de mano de monóxido de carbono»? Ese verso fue el que vino a mi cabeza cuando me lo presentaron, recién llegado a la base polar, roto aún por el cambio horario, la presión y el frío. ¿Cómo podía vivir dentro de aquellas metáforas absurdas? ¿Por qué vino a la Antártida, en una espantada de miles de kilómetros? Tal vez porque, según me explicó, solo quería tener dos colores en su cabeza: el azul y el blanco («solo hay dos colores en mi cabeza», «solo hay dos colores en mi cabeza...»). Y porque estaba harto de la MTV y porque estaba harto del mundo multicolor de la fama y porque se estaba quedando calvo y porque se odiaba a sí mismo como solo saben hacerlo quienes lo han tenido todo alguna vez. Viejo animal de monóxido de carbono, vieja salamandra cansada de mirar el mundo y que el mundo le parezca siempre como si estuviera bocabajo, como si la gente colgara del techo, como si la gente colgara de botellas que cuelgan del techo.

Yo admiraba a Thom Yorke, lo juro: me sé de memoria todas y cada una de sus canciones. Pero Yorke era un demente. Un demente con mucho dinero. Y, por supuesto, el dinero abre todas las puertas del mundo, incluidas las del fin del mundo. Por eso Thom vendió sus propiedades y decidió terminar sus días lejos de la civilización, harto de paraísos artificiales, alquilando una cámara en una base polar de una expedición de poca monta, como si hubiera tratado de imaginar dos antónimos de la palabra «fama» y los primeros en acudir a su mente hubieran sido «ciencia» y «Polo Sur». Yo simpatizaba con esa idea; soy un científico que prefiere la ciencia a la humanidad. La ciencia es como un perro silvestre que no necesita de los seres humanos para subsistir. La ciencia es como esos gatos que nos observan con desprecio y con frío. La ciencia es una manera, eso creo, de mirar por encima del hombro. Al cabo, las razones por las que me hice investigador eran, seguramente, parecidas a las que llevaron a Thom a exiliarse en la Antártida: reducir nuestras mentes dispersas a dos polos, optar por el Norte o por el Sur, inundar de blanco y azul nuestras cabezas, volvernos bipolares. Éramos almas gemelas. No existía, por tanto, ningún aspecto por el que pudiera odiarlo.

Salvo aquel ojo suyo, aquella retina suya arrasada por la visión del hielo. Un ojo azul pálido paralizado de nacimiento y arruinado por los genes y después por las drogas y después por el hielo polar. Un ojo vacío. Qué es un ojo vacío. Me asomaba a ese ojo sin pupila y allí estaban los glaciares y sus cumbres luminosas y las capas de hielo de la superficie, y los vientos catabáticos del Polo Sur silbando y arrastrando lágrimas, y detrás estaba yo, o lo que algún día sería yo, vencido por la soledad de la expedición y del instrumental científico. Y detrás del fondo del ojo estaba otra vez Thom, y otra vez el Polo Sur, girando sobre su propio eje en la noche del universo, y otra vez yo mismo girando en la soledad de las estaciones. Tenía que librarme de aquel ojo-puerta, ojo-preludio de qué tiempo, ojo-adónde ha ido la luz, en qué desagüe se pierde para que la noche sea noche, ojo-conexión con qué. Se me helaba la sangre cada vez que Thom alzaba la mirada, cada vez que aquel ojo se clavaba en mí. ¿Por qué? Aquella pupila vacía, ¿era acaso el aguijón de la culpa, de la culpa por lo que aún no había cometido, por lo que iba a cometer? ¿Tal vez un túnel al corazón del hielo, bajo cuyas capas iban a descansar en pocos días los restos de Thom Yorke?

Soy incapaz de recordar cómo me vino la idea. A veces me parece que no se me ocurrió a mí, que yo solo era un vehículo de aquel plan. Yo admiraba a Thom (¿ya lo he dicho?). Era un vecino limpio y agradable. Ningún militar ni científico de la base se quejó nunca de su presencia ni de su guitarra. Pero toda la realidad de la expedición se precipitaba por el desagüe de aquella idea que vino a mí y abrió una ruta en mi mente, como si fuera un vórtice, un punto de fuga. Todo: la gramática del código Morse, una especie de sinfonía obsesiva, escrita con una sola nota, una transcripción literal de la locura; los trabajos a la intemperie instalando sondas multiparamétricas, masticando barritas energéticas de glucosa; los reflejos solares en los costados del glaciar, una especie de caricia de Dios, o del tiempo; y aquel ojo, aquel ojo, la idea de aquel ojo como un código Morse insistiendo en las esquinas de mi mente. No sé cómo se me ocurrió el plan: cada noche STOP a las doce en punto STOP me cuelo en su camarote STOP su ojo STOP su ojo STOP sigilosamente STOP entro STOP provisto de una linterna de infrarrojos STOP un simple puntero de luz roja STOP lo apunto con precisión a su ojo paralizado STOP aquel ojo izquierdo suyo STOP cerrado STOP más pequeño que el derecho STOP una anomalía de nacimiento STOP apunto directamente hacia su ojo con la luz STOP un fino hilo de luz rodeado por una oscuridad absoluta STOP le hacían burlas en el colegio por aquel ojo STOP el ojo cerrado y la oscuridad alrededor STOP los compañeros de clase le llamaban Salamandra STOP la oscuridad formando un ojo de buey en torno a aquel ojo de buitre STOP cine mudo de terror STOP cine de mudo terror STOP cine STOP. Y esto lo hice durante siete noches, o lo que cualquiera de vosotros llamaría noches, porque en aquel territorio día y noche eran categorías absolutamente caprichosas, y llamábamos noche a las horas en que tratábamos de dormir, y llamábamos día a las horas en que trabajábamos, bebíamos, fumábamos, tanto los científicos como los militares de la expedición, como Thomas Edward Yorke, tres especies distintas homologadas por el silencio de la nieve, por el silencio del fin del mundo.

Ojalá me hubierais visto entonces; con qué precisión ejecuté el plan, con qué exactitud de relojero procedí en algo tan simple como abrir una puerta. Nunca se abrió puerta alguna con tal lentitud, de un modo tan imperceptible. Ni siquiera un ángel giraría el pomo y empujaría la hoja como yo lo hacía cada noche con la puerta del camarote de Thom. Me llevaba una hora, toda una hora, completar la tarea. ¿Lo veis? Un perturbado no podría consumar tal perfección. Un perturbado no sería capaz de percibir los procesos que a mí se me hacían absolutamente patentes. Mientras las tormentas de nieve asolaban el exterior de la base, mientras los vientos helados repartían el estruendo y el frío de su tacto, yo podía discernir el sonido del circuito sanguíneo de Thom, el tórax al hincharse y deshincharse, las aurículas recibiendo la sangre, los ventrículos bombeando el líquido de la vida, y luego la sangre recorriendo sus venas y sus arterias, transportando el oxígeno, las diminutas descargas eléctricas de la sinapsis en su cerebro. Todo, todo su organismo, como un rumor, ese rumor en el que consiste la vida orgánica y que solamente los seres con una percepción superior son capaces de registrar. La vida (¿no lo sabíais?) es un rumor de fondo.

Aquella semana, la última de Thom Yorke en la Tierra, me mostré especialmente amable con él. Bebimos y fumamos todas las noches y su ojo, su ojo bueno, se movía de aquí para allá, como un planeta a la deriva, y su risa era como una detonación, una bomba cuya metralla todavía se esparce por mi memoria. En la cocina de la estación guardábamos reservas de champán. Y las descorchamos todas. Y descorchamos todas las formas de la camaradería, y todos los chistes del almacén de la juventud, y todas las bromas que el afecto permite y que el frío multiplica. Comida liofilizada y champán; extraña combinación. No recuerdo de qué hablábamos, pero Thom reía sin parar, reía y reía con aquella risa absurda; parecía dispuesto a reír hasta que la cabeza se le desprendiera del cuello. En realidad no importaba el contenido de nuestras palabras; nada de lo que decíamos tenía sentido, servía solo de trampolín hacia la risa; éramos peces deslizándonos sobre las palabras, soltando a la superficie burbujas de aire y de risa. Y él parecía feliz, realmente feliz. Cantaba, cantaba todo el tiempo, y no con esa melancolía obsesiva, ese temblor epiléptico de su tristeza sobre el escenario, sino con una placidez que yo imagino propia de criaturas subacuáticas. Aunque yo no podía soportar la mirada sin mirada de su ojo, y por la noche repetía la perfecta operación de abrir su puerta, introducirme en el camarote sin que ninguno de los sentidos de Thom, ninguno de sus poros, registrara una mínima conmoción en el aire, dirigir la luz roja directamente hacia aquel ojo, siempre cerrado, noche tras noche, adueñándome de él y de sus misterios. Conocía su dormitorio palmo a palmo, la posición de cada objeto, su modo descuidado de dejar las ropas a los pies de la cama. Mi cerebro era una copia en tres dimensiones de aquel camarote. ¿No consiste en eso el poder? ¿No es este el perfecto poder, ese dominio imperceptible? Ahora yo tengo el poder, señor Yorke. Ahora soy yo el que conoce la clave de la caja fuerte de tu vida. Ahora soy yo el que tiene bajo llave los juguetes de tu infancia, secuestrados y amordazados en un sótano. Ahora soy el dueño del sótano de tus miedos, Thom.

Pero siempre supe que aquel monstruo guardaba un as en la manga.

Octava noche. Silencio. Las tormentas han amainado por completo. Todas las luces están apagadas. Todos los grifos están cerrados. Los animales del laboratorio duermen. Me deslizo como una salamandra en la oscuridad hasta el interior de su camarote. Como las siete noches anteriores. Cometo un error. El dedo pulgar de mi mano izquierda roza imperceptiblemente algo delgado, frío, metálico: una cuerda de su guitarra. Su maldita guitarra está apoyada contra la pared, junto a la puerta. Al fin y al cabo tengo suerte; podría haberla derribado sin querer. Pero no; es como si la cuerda, la primera cuerda, la más aguda, fuera rozada por un ángel, o por la punta de los dedos de un ángel, o por la más pequeña de las plumas inmateriales de un ángel. Y suena un brevísimo, microscópico «mi», una nota como un suspiro de *nylon*. ¿Creéis que la pluma más pequeña de un ángel sobre la cuerda más aguda de una guitarra puede sobresaltar a alguien? A un hombre normal, probablemente no. A un hombre con facultades sensoriales superiores, como las mías, sí. A un loco trastornado por el éxito, como Yorke, también.

—¿Quién anda ahí? —Su voz, pequeña, temblorosa, un animal de huecos, que entra y sale del silencio como se entra y se sale de una madriguera. Me quedo quieto. Durante una hora me convierto en una estatua de mí mismo, una copia en cera de mí mismo; durante una hora imito la más alta forma de quietud, la de los glaciares en los que Dios se mira y desde cuyo reflejo se descojona de nosotros. Me quedo quieto, absolutamente quieto, tan quieto que es como si no estuviera aquí. Es como si yo no sucediera. Es como si yo no estuviera ocurriendo. Y así durante una hora. Durante una hora congrego a mi alrededor el silencio más cristalino que quepa imaginar, una auténtica cámara anecoica, eso soy yo; y por eso me doy cuenta de que Thom Yorke permanece incorporado en su cama, que en toda esta hora no se ha atrevido a recostarse de nuevo, porque ha sentido, maldito Yorke, las fuerzas de la muerte, los ejércitos de la muerte, la pequeña plaga de insectos y de ratones de la muerte taladrando la tierra bajo nuestro módulo, bajo la estación, bajo el hielo, en la planta baja de su cerebro. Y aquí está, paralizado, con la espalda pegada a las sombras del final de su cama.

Pero entonces, en la inmensidad de las cosas pequeñas, entre el tejido de los minúsculos sonidos de aquellos insectos que roían el mundo desde abajo, reconocí un suspiro de Thom, y ese suspiro se iluminó en mi mente, un testigo luminoso que parpadeaba; vi sus colores y su forma irregular dentro de mi cabeza. Yo supe que Thom supo que no estaba solo. Y el testigo parpadeaba regularmente, siguiendo un ritmo que yo conozco bien. He aprendido que el terror es un ritmo. Un ritmo que se instala en la mente, y que muda de una a otra mente; el terror del tigre frente al cazador detenido, que se traslada al cuerpo del cazador por los circuitos invisibles del aire, como un espíritu. Y yo conozco bien ese ritmo del terror; lo he experimentado tantas veces en mi propio corazón, he sufrido tantas veces en mis pensamientos nocturnos ese compás ahogado, el paso de un animal de pisadas regulares, el paso de un animal que no tiene más piel que la de mis propios miedos, como si su piel estuviera hecha de los pensamientos que me aterran. Esta vez, la presa de aquel animal no era yo, sino Thom Yorke. Mi terror, mi propio terror a la muerte, se aproximaba sigiloso hacia Thom. Y él sabía que una amenaza se desplazaba a través de la oscuridad. La cacería del miedo; el animal de mi propio miedo olfateando a una nueva presa. Pobre Yorke, había estado despierto desde el primer ruido, desde el desliz de mi dedo pulgar sobre una cuerda que lo despertó una hora antes, y había tratado de tranquilizarse en vano diciéndose que aquel ruido sería, seguramente, una cucaracha desplazándose por las cuerdas de su guitarra, o por los hilos de su sistema nervioso.

Así que había llegado el momento, sí. En el mapa de las oportunidades, ese lugar y ese instante exactos señalaban el punto en que me esperaba el tesoro, el cofre sagrado de tu muerte, monstruo de pelo rojo. Encendí la linterna en el ángulo exacto, a la altura exacta que tantas veces había ensayado, apuntando hacia el ojo polar de Thom Yorke. ¡Y estaba abierto, abierto de par en par! El rayo infrarrojo fue a dar exactamente sobre su pupila. Allí estaba, circundado por la absoluta oscuridad, señalado por el rayo, escogido él entre todas las realidades del mundo, un rincón de hielo en la noche de todas las noches. Si aquella era la esfera, el motor del reloj se me hizo de repente absolutamente discernible. Comenzó a latir cada más rápido, cada vez más fuerte, una montaña rusa. Allí estaba su ritmo, su latido terrorífico; un corazón como una bomba de relojería. Un corazón como una locomotora que se dirige directamente hacia ti, hacia tu vientre. Un corazón a bocajarro. Un corazón como la música de Radiohead, como aquel viejo tema, *Everything in its right place,* obsesivo, martilleando mi cerebro: solo hay dos colores en mi mente..., solo hay dos polos..., solo hay 0 y 1..., solo hay bit y no-bit..., solo hay verdadero o falso. Y tuve miedo, sí. Tuve miedo de que aquel latido despertara a los otros miembros de la expedición científica, tuve miedo de que se deslizara desde el Círculo Polar a través de los meridianos y los paralelos como si estos fueran venas y arterias de otro organismo, el sistema sanguíneo de la Tierra, como si Thom y la Tierra fueran un animal dentro de otro animal, un latido dentro de otro latido, y pudiera escucharse incluso en el polo opuesto, en los últimos rincones de la pobreza y en los últimos rincones del poder. Había que oprimirlo. Había que asfixiar la creciente señal de alarma. Porque entonces Thom encendió la luz de su mesilla y me vio, me vio. Su rostro blanco era el de un espectro asustado por otro espectro asustado. Estaba a punto de gritar. Salté sobre él. Lo tiré de la cama. Él chilló como un animal en la hora del sacrificio, tapé su cabeza con la funda térmica que le cubría, y la apreté, aguantando yo mismo la respiración para imaginarme cuándo agotaría su reserva de aire. Muérete, Thom. Muérete. Y él agitaba su cabeza bajo la funda. Espero que toda tu sabiduría se te atragante. Esto no está pasando. Espero que... Solo hay dos colores en mi cabeza. Y ya está, ya está. Fue todo tan rápido. Ya estaba muerto. Monstruo pelirrojo. Era un pelele inerte. Monstruo pelirrojo. Puse mi oído sobre su corazón. Se había detenido. La circulación de venas y arterias se detenía, como los trenes de la última mañana del mundo. Thom Yorke se apagaba. El rumor de la vida orgánica se callaba en él. Su ojo no volvería a perturbarme.

Soy un científico, no un carnicero. Creo que cualquier anatomista habría aplaudido el modo en que descuarticé a Thom Yorke, aprovechando la coyuntura y el ruido de la tormenta en el exterior. Mantuve la calma a pesar de aquel estruendo en mis oídos. He aquí una metáfora perfecta de mi condición: la precisión silenciosa de mis sentimientos, mis intenciones y mis móviles; el ruido atronador, aventado, la tormenta de fuera, el exterior de mi conciencia, en el que todo es ritmo y desorden. Ya les dije que no soy un enfermo. Mi conducta se presenta a mi comprensión de una forma clara y distinta. Insisto: soy un científico, no un carnicero. Procedí al descuartizamiento como lo haría un anatomista, obsesionado por el funcionamiento de aquel organismo, considerando el cuerpo de Thom cual una pura máquina de relojería; me esforcé en descifrar la funcionalidad de sus piezas, si existía alguna comunicación mecánica entre aquel ojo y aquel corazón; si acaso el ojo era la esfera y el corazón era el motor del reloj.

La tormenta pasó. Se hizo un silencio casi absoluto, una tregua para el espíritu solo alterada por el ruido del instrumental de la base, el motor de las máquinas. Los artefactos, los paneles de control, las sondas seguían con su música; pero la Naturaleza estaba callada, tal vez en señal de duelo. La muerte había dividido el mundo en dos regiones: Naturaleza callada y durmiente; artificio despierto, de guardia. Escuché el motor de una oruga aproximándose. Me asomé al ojo de buey y vi a dos soldados que procedían del módulo militar más próximo. La frontera entre lo natural y lo artificial, aquel cristal en el ojo de buey, nos convirtió a todos en actores de cine mudo.

Uno de los soldados señaló hacia el camarote de Yorke e indicó con las manos que querían saludarlo; con mi mano les indiqué que Yorke no estaba. Insistieron en pasar. Así que les abrí la puerta de nuestro módulo y, hechas las presentaciones, sacudida la nieve de sus ropas, los acompañé hasta el camarote de Yorke. Ninguna puerta de ninguna estancia de la base se cierra con llave, es importante, sobre todo la de mi amigo Salamandra. Todos sospechábamos que era un suicida. ¿Lo veis? Thom se ha marchado. Les mostré su habitación, las pocas pertenencias suyas que yo mismo me había ocupado en hacer desaparecer; su cama convenientemente deshecha, la guitarra tumbada en el suelo, algunos apuntes olvidados. Qué gran trabajo; todo a nuestro alrededor parecía fruto de la precipitación de Yorke, pero era la obra de mis precauciones. Coloqué mi asiento justo encima de la plancha de fibra de vidrio bajo la cual había enterrado a aquel loco de pelo rojo. Ahora la silla se había convertido en un trono. Degusté, como los protagonistas de aquella vieja película de Hitchcock, el placer de la perversidad. *La soga*. ¿La habéis visto? Casi deseaba que los militares me hubieran contemplado en acción, que los demás científicos me hubieran contemplado solo una hora antes y me admirasen.

Todo estaba en calma. Uno de ellos se sentó en la cama, recogió la guitarra del suelo y tonteó con unos

acordes torpes, mal arpegiados. Tenía los dedos congelados todavía. Creo que intentaba tocar algo de los Zeppelin, *Babe, I'm gonna leave you,* me parece. No lo hacía mal para ser un soldado. Les expliqué que Thom había regresado a la base Frei; desde allí sería trasladado a Ushuaia; después, vuelo a Buenos Aires; por último, vuelo a Londres. Soy muy hábil urdiendo excusas. Improvisé: Yorke había recibido la noticia del fallecimiento de un familiar («un hijo» —demasiado dramático—; «un primo» —demasiado lejano como para abandonar la expedición—; «un compañero de su banda de rock» —no, habría salido en la prensa—; «un hermano» —sí, perfecto, los hermanos de los hombres ricos también mueren—). Thommie se había marchado sin despedirse. Es natural, expliqué, todo había sucedido demasiado pronto. Un aviso por radio esa misma noche. Ellos parecieron relajarse. Estos ricos y famosos, ya se sabe. Se sentaron y agarraron sus tazas con las dos manos para calentárselas. Les ofrecí un cigarrillo. Les aseguro que mi pulso no temblaba ni una milésima de milímetro. Les di fuego. Mi puño estaba firme, la llama apenas temblaba, mis ojos no parpadeaban. Un nuevo triunfo de la precisión.

Se pasan mucho, decían, se les va la mano con las drogas; tienen al alcance todo lo que quieren, todas las tías buenas, decían, y buscaban en mí una sonrisa cómplice. Y, claro, para sentirse vivos necesitan hacer locuras, decían. Pobres ricos. Pero, caballeros, ¿me permiten que les obsequie con...? Me queda algo de... Yo estaba encantador, bromeaba con ellos poniendo la boca redonda, formando una «O», y expulsando círculos de humo hacia el techo bajo el que mi amigo había experimentado el horror. «Horror» es una palabra con dos «oes». No imagináis lo empático (mirad cómo formo una «O» de humo), agudo (otra «O») y sofisticado (otros dos anillos de humo, en prisión dispongo de muchísimo tiempo para fumar y escribir en el aire) que me mostré en todas mis bromas; me sentía como una reina en presencia de dos lacayos forzudos y todo eran sonrisas y guiños y juegos de palabras. Y entonces, en el centro de la alegría, un intruso: un latido diminuto, apenas un grado por encima del silencio. Un solo latido, sí. ¿Lo habéis oído? Como si alguien hubiera escondido un reloj en una bolsa de algodón. Sentí que se me helaba la sangre. Deseé que se marcharan. Pero ellos seguían bromeando y se llamaban por sus apodos y a mí me llamaban Doc, e imitaban con un ojo guiñado los extraños movimientos de cabeza, casi de epiléptico, de Yorke cuando hablaba y de Yorke cuando cantaba, y los oídos comenzaron a zumbarme, y entonces aquel ritmo, aquel ritmo exacto, endiablado, aquel metrónomo del terror. Traté de disimular siguiendo su conversación: hablé de fútbol, utilicé su jerga grosera, sus mismos adjetivos; si antes les había convencido con mis modales cómplices, ahora parecieron alarmarse. Si aquella pulsación rítmica venía del fondo de la noche, ahora se había convertido en una bronca ensordecedora, era imposible que no llegara hasta sus oídos. Yo jadeaba. El latido se convirtió en una música atormentada, insistente, *Everything, everything in its right place, in its right place, in its right place,* un corazón en cuenta atrás, a punto de volar la base. Rápido, rápido. ¿Pero es que no lo oyen?, les grité. ¿No se dan cuenta? Un corazón. Un corazón *in its right place.* Volqué la silla. No podía soportar su código Morse. Hay que desactivarlo, grité arrancando la chapa del suelo, los dedos me sangraban, pero yo los hundía en el suelo y retiraba la plancha que separaba la fibra de vidrio de la nieve y debajo estaba la nieve, la Naturaleza, el mundo, y, enterradas en la nieve, las bolsas en que había distribuido los restos de Thom, su cabeza, su maldito ojo. Una cuenta atrás, una venganza; siempre supe que el loco guardaba un as en la manga. Lo sabía, lo sabía... ¡Había que desactivarlo o saltaríamos todos por los aires!, ¡había que detener aquel horrible, horrible corazón!, ¡aquella bomba de relojería!

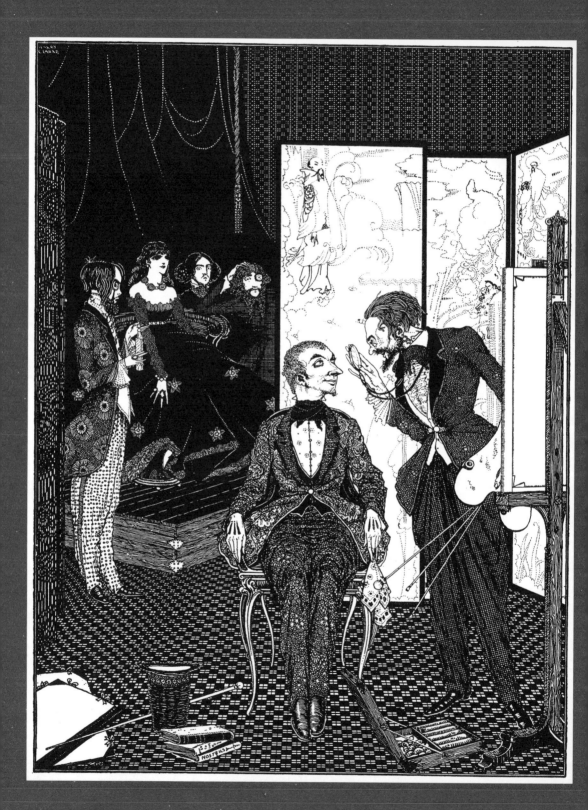

EL RELATO ESCONDIDO | PABLO DE SANTIS | *LA CARTA ROBADA*

PABLO DE SANTIS

(Buenos Aires, 1963)

Estudió Letras en la Universidad de Buenos Aires, y trabajó como periodista y como guionista de historietas. Ha publicado más de diez libros para jóvenes, entre los que destacan *Las plantas carnívoras, El inventor de juegos* y *El buscador de finales.*

Su novela *La traducción* fue finalista del premio Planeta-Argentina 1997. A esta se han sumado *Filosofía y letras* (Destino, 1998), *El teatro de la memoria* (Destino, 2000), *El calígrafo de Voltaire* (Destino, 2001), *El enigma de París* (premio Planeta-Casamérica 2007) y *La sexta lámpara* (Destino, 2008). Su obra ha sido traducida a ocho idiomas.

EN AGOSTO DE 1885 UN HOMBRE DE TRAJE NEGRO, AL QUE LE faltaba la mano derecha, se presentó en mi casa. En la izquierda llevaba un maletín de cuero. Dijo llamarse Virgil Spatia; era un representante del despacho de abogados Miller & Benson, de Baltimore, y tenía el penoso deber de notificarme que mi tío, Joseph Moran, había muerto. El hombre esperaba alguna muestra de congoja por mi parte, pero mi tío era un extraño para mí, y la muerte, más que alejarlo, lo trajo bruscamente a la actualidad. Pregunté, para disimular mi falta de zozobra, si aquel despacho siempre se había ocupado de los asuntos de mi tío. Spatia dirigió su brazo derecho a una taza de té que acababa de servirle, como si de pronto hubiera olvidado la pérdida de su mano, y respondió que él no sabía nada de eso porque no era un empleado, solo ocasionalmente hacía encargos para esos abogados. Y agregó:

—Trabajo para una agencia de malas noticias; por una suma módica, decimos lo que nadie más quiere decir.

Nos presentamos provistos de sales contra desmayos, frases oportunas y pañuelos perfumados.

Yo no necesitaba ninguna de esas cosas. Antes de marcharse, Spatia sacó de su maletín de cuero una carta en la que los abogados me notificaban que era el dueño de la casa de Moran, en Baltimore.

—Esa no es una mala noticia —dije.

—Es que usted todavía no ha visto la casa —dijo Spatia, a modo de despedida.

Nadie recuerda hoy el nombre de Joseph Moran, pero en la década de los cincuenta tuvo cierta fama como retratista de sociedad; en las grandes mansiones de Baltimore nunca faltaba un retrato de la señora de la casa, debidamente rejuvenecida y embellecida por el pincel de Moran. A veces les hacía el favor a sus modelos de crear sobre la tela un efecto de neblina. Esa misma neblina se corresponde muy bien a los recuerdos que tengo de mi tío: como siempre detestó a los niños, solo una vez se acercó a mí, y fue para preguntarme dónde estaba el baño. Esa vaga lejanía que el hermano de mi madre habitaba con comodidad es en mis recuerdos un rasgo físico, como su altura exagerada o su bigote prudente.

Moran había heredado una pequeña fortuna de su esposa, muerta a la edad de treinta años, pero la había gastado por su manía de coleccionista. En una época fueron los grabados japoneses, en otra las espadas medievales, y por último los barcos en botellas. Su casa, mientras tanto, había desarrollado su propia colección de caños rotos, paredes descascaradas y pisos devorados por insectos. Convertir esa casa en un lugar decente podía costar una fortuna. Yo esperaba que la casa solucionara sola sus propios problemas, y que las colecciones inútiles pagaran los caños rotos y la mampostería deshecha. Pero esperaba algo más: quería encontrar, bajo las 324 cajas (las conté) con papeles de mi tío, el original de *La carta robada,* de Edgar Allan Poe.

Mi tío era un hombre con fama de fabulador; empezó, como tantos mentirosos, a cometer por interés algunas pequeñas faltas a la verdad, y terminó por ignorar desinteresadamente la diferencia entre realidad y fantasía. Era muy difícil adivinar qué había de cierto en el catálogo de sus hechos, pero algo estaba fuera de toda duda: en su juventud había conocido a Edgar Poe. En 1844 el escritor se había mudado con su esposa a Nueva York. Mi tío vivía entonces en la ciudad y lo conoció a través de la familia Brenan, que le había alquilado la casa al poeta. La gente que tiene la fortuna de no ser artista procura que los artistas se conozcan entre sí, como si alguna vez, en la larga historia de la literatura, de la pintura y de la música, algún artista hubiera mostrado algún genuino interés por otro. Luego de algún recelo inicial, Poe y Moran comenzaron a reunirse por las tardes para conversar sobre su tema favorito: ellos mismos. Moran aprovechaba estos momentos para trazar algunos bocetos de un retrato al óleo de Poe. En ese momento estaba escribiendo *La carta robada,* y Moran se había propuesto que el cuadro lo mostrase trabajando en la corrección final del cuento. Cuando estaba por terminar el cuadro, que representaba a Poe sentado en un sillón de alto respaldo, sosteniendo las cuartillas con la mano izquierda, Moran le prometió hacer una réplica para él; Poe, agradecido por anticipado, le regaló el original del cuento. Mi tío siempre se jactó, en las pocas comidas familiares a las que asistió, de la posesión de ese manuscrito.

Durante meses recorrí cada centímetro de la casa buscando esos papeles. Yo había escrito *La tragedia de Edgar Poe,* un pequeño tratado que había pasado inadvertido incluso entre los especialistas en el autor. Las tesis del libro eran audaces, su justificación, sólida: no encuentro otro motivo para este vacío que las maquinaciones de Rufus Griswold, implacable albacea de Poe, a quien Baudelaire tuvo el buen tino de calificar de vampiro. Yo contaba con que el hallazgo de un original me permitiera cotejar las distintas versiones que existían del cuento. Confiaba en que un artículo contundente rescataría mi libro de su injusto olvido.

La tarea de reconstruir la casa fue comiéndose las laboriosas colecciones de mi tío: un rematador diligente me liberó de estampas japonesas y de esas herrumbrosas espadas que, mal fijadas en las paredes, a menudo se venían abajo y terminaban clavadas en el piso. Dejé para el final la pintura de Poe, que pasó a integrar una exposición de grandes retratos que se llamó *Hombres representativos* y recorrió el país. Con lo que saqué por la pintura me pagué un viaje a París y una larga estadía en el hotel de Marte. El hotel no estaba mejor que mi casa, pero cuánto mejor es ver un techo que gotea o que se cae sabiendo que no es nuestro deber pagar a los albañiles. Lo bueno de viajar es que, fuera de casa, podemos contemplar todo derrumbe con el corazón tranquilo.

La distancia es un instrumento de la verdad; al volver y estar de nuevo solo en la gran casa, cuyos trabajos parecían no avanzar nunca, comprendí la verdad de la historia. Fue de noche: no podía dormir y, para distraerme, tomé el cuento y lo leí como si no lo hubiera leído nunca. A veces la literatura nos muestra cómo asuntos que parecen lejanos son los nuestros. El cuento no hablaba de una carta perdida o de un investigador ocioso y sagaz: hablaba de mí, de la gran casa vacía, de mi búsqueda insensata. El cuento había estado a la vista de todos todo el tiempo, y solo yo, por milagro, había descubierto el secreto.

El cuadro se exhibía entonces en la alcaldía de Richmond; allí entré una noche. Solo, en la oscuridad, armado con una linterna, fui al encuentro del original perdido. Había llegado a la conclusión de que la pintura ocultaba el cuento verdadero: lo que se veía en la pintura, aprisionado en el barniz, era el papel real. Apenas llegué a hacer un tajo en la superficie: de inmediato tres hombres cayeron sobre mí, como si salieran de los grandes retratos. Pero no eran hombres representativos, sino guardias: olían a tabaco y brandy y me golpearon con la alegría que la gente baja encuentra en la violencia inmotivada.

Hoy el retrato se exhibe en el museo Edgar Allan Poe de Richmond. He intentado acercarme pero, a pesar de mis variados disfraces, siempre he sido descubierto. Además, nunca dejan sola la pintura. Los visitantes que conocen la historia tratan de descubrir si realmente hay un papel allí debajo, o si es solo un efecto de la luz. La pintura, debo decir, ha envejecido, y Poe parece un muñeco de cera: los colores se han vuelto opresivos y odiosos. El tajo, en cambio, es nítido, y al cabo de tantos años ha hecho suyo el secreto del arte: no cesa de prometer algo que nunca termina de mostrar.

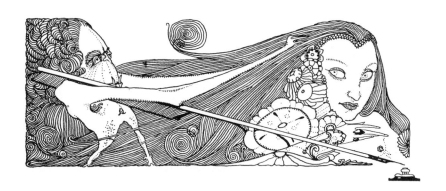

DE TREMAINE | ESPIDO FREIRE | *LIGEIA*

ESPIDO FREIRE

(Bilbao, 1974)

Licenciada en Filología Inglesa por la Universidad de Deusto, es autora de las novelas *Irlanda* (Planeta, 1998), *Donde siempre es octubre* (Seix Barral, 1999), *Melocotones helados* (premio Planeta, 1999), *Diabulus in musica* (Planeta, 2001), *Nos espera la noche* (Alfaguara, 2003), *Soria Moria* (Algaida, 2007; premio Ateneo de Sevilla) y, en colaboración con Raúl del Pozo, *La diosa del pubis azul* (Planeta, 2005).

También ha publicado las colecciones de relatos *Cuentos malvados* (Punto de Lectura, 2003), *Juegos míos* (Alfaguara, 2004) y *El trabajo os hará libres* (Páginas de Espuma, 2008), así como los libros de no ficción *Primer amor* (Temas de Hoy, 2000), *Cuando comer es un infierno* (Aguilar, 2002), *Querida Jane, querida Charlotte* (Aguilar, 2004), *Mileuristas* (Ariel, 2006) y *La generación de las mil emociones. Mileuristas II* (Ariel, 2008), y la obra ilustrada *Cartas de amor y desamor* (451 Editores, 2009). Sus relatos «Veinte días» y «El lago» forman parte de los volúmenes colectivos *Artículos de Larra* y *Frankestein,* respectivamente (451 Editores, 2008).

OH, CLARO, MIENTRAS ERES JOVEN IMAGINAS, PIENSAS, QUE NO habrá otra sino tú, que las miradas pueden ser eternamente limpias y claras, como si todo, el tiempo, la vida, existiera únicamente porque tú existes, y que el destino que te espera resulta tibio, suave, que el amor será inmortal, y el romance eterno.

Pero entonces creces, y pasas la barrera sutil de los veinte, tu hermana menor se presenta en sociedad, tus pechos descienden y tu piel pierde el frescor infantil de las noches inocentes, y papá empeña sus cuadros, y mamá su caja de té, y día tras día la mente se concentra en una única idea: he de casarme, he de casarme bien, o de otra manera mamá terminará mendigando a los clérigos, papá se matará, porque lo conozco bien y no soportará la deshonra de la pobreza, y Violette..., quién sabe qué ocurrirá con Violette, que no es ni hermosa, ni demasiado lista, ni muy rápida.

No quise nunca casarme con un viudo; buscaba, como todas hacemos, un hacendado dispuesto a ver bajo mi belleza otra belleza. O un heredero americano, alguien que, tras su pésimo acento, quisiera redimir su dinero nuevo con algo de sangre vieja. Esperaba un Paddy irlandés, esclavo de su confesor, con la exigencia (qué más dará lo que yo crea, si he aprendido a ser lo que esperan de mí) de una conversión y un bautismo precipitado y tantos hijos como Dios quisiera enviarnos. He comprobado los dolores del parto, he asistido tantos nacimientos que ya no me asustan. He ayudado a criadas casadas, y a algunas que no lo fueron y que me rogaron que matara al recién nacido, tan frágil y feo entre harapos y pañales. La distancia entre la vida y la muerte ha sido mínima, yo misma hubiera muerto sin el caldo del pollo al que amé, al que puse nombre, con el que jugué, tan tierno, sin la venerable gallina muerta para que su pechuga alimentara mi debilidad. Sé que no hay vida sin dolor. Me complace el dolor. Quien no lo soporte, está muerto.

Me he clavado espinas de zarzal en el estómago mientras en el espejo se reflejaba el mismo rostro. Sé mentir hasta el punto en el que mi semblante no refleje nada más que una serenidad ficticia. Finjo mejor porque he fingido más. Pero no hizo falta. A veces eso ocurre: me preparo para lo imposible, para esos rotos de una vestimenta intacta.

Aun así, cuando me anunciaron que me casarían con el alemán, contuve el aliento. Luego describieron los datos esenciales que mi virginidad requería: su edad, apenas importante, su dinero, oh, tan importante, su pasado de esposa joven fallecida; y luego un baile en Harrogate apenas de manos rozadas, de altura, de cáscara vista y aprobada. Podría yacer con él sin repugnancia, podría amarle con el tiempo, como pensaba mi madre, y cómo se preocupaba antes de entregarme.

El alemán, mi esposo, mantenía la fija mirada azul clavada en el vacío, como si todo lo que la vida le ofreciera pasara por sus manos y su pasado, y ya nada de lo que pudiera hacer fuera más importante que lo que había hecho. Mamá, con su pasión por lo ocurrido ya, me alentaba a buscar en mis días de niña un consuelo a la vida que me esperaba. Mi infancia feliz, pensaba, esa en la que ella se había volcado, podría servirme de evasión para los años de casada, que, sospechaba, no serían tan dichosos como ella hubiera deseado.

Me sacrificaban como a otro pollito de plumas blandas, por el bien de la familia, por el de Violette, que podría aspirar a otro futuro, ahora. Los cuadros de papá se encontraban a salvo, cubriendo las manchas oscuras de las paredes. Mamá serviría el delicioso té a sus amigas, seguro en su cajita de teca y ébano, parlotearía con la satisfacción de quien ha desempeñado su labor.

Esa existencia plácida en la que yo había gastado mis fuerzas se preservaría intacta. La única variación sería que yo no pasearía más mi soltería por los baños de aguas sulfurosas de Harrogate, no tendría que beber sin un mal gesto el agua con sabor a huevos podridos, no fingiría debilidad para que mi piel blanca pareciera aún más blanca y más delicada, la cáscara que envuelve el precioso huevo.

En realidad, sentí cierto alivio; como el de los peregrinos que alcanzan, los pies llagados y el alma ya esponjosa de tanto creer, una meta. Mi camino terminaba en el alemán, en su hermosa (nuestra hermosa) casa, una abadía oscura, en la que los rayos de luz apenas se filtraban entre los cristales cuarteados y coloridos. La boda fue discreta, una boda fuera de temporada, en mitad del deslavazado verano, un vestido negro y un velo blanco, el intercambio de anillos algo tembloroso, porque yo sabía que recibía un aro que habían arrancado del dedo de una muerta, y la noche de bodas dolorosa, execrable. Una carnicería realizada sin advertencia previa, sin amor ni compasión, las sábanas y mis muslos ensangrentados, y el rencor sordo que comenzó a latir en mi garganta: no me veía. Se vengaba en mí de un dolor muy antiguo. Solo con el transcurrir de las semanas he aprendido a descifrar ese dolor.

Ahora sé que mi marido está loco: loco, con esa mirada fija y desorbitada de los gatos acorralados, con la insidiosa constancia en su desvarío de la gotera contra la piedra. Cuándo enloqueció se escapa a mi conocimiento: quizá siempre lo estuvo, quizá fue la muerte de su primera mujer lo que enturbió esa mente por otra parte tan singular y brillante. No puedo juzgar cómo sería su pensamiento si el opio, ese compañero que le es tan fiel, se apartara de su lado un par de días. Desde que lo conocí, en ese baile carente de gracia y de emoción en los salones comunales de Harrogate, no he sabido cómo es el alemán sin esa sombra obstinada. Tampoco me mostraría sincera si dijera que deseo descubrir su personalidad real.

No me era desconocido el delirio del opio. Antes de morir, mi hermano se entregó a él, el único consuelo para el mal que le roía los pulmones, y que yo, y posiblemente también Violette, llevamos dentro. No se bebe vinagre de manera impune, no se pasa frío sin motivo por llevar las enaguas mojadas pegadas a la piel, no ruge el estómago de hambre para resultar esbelta, casi etérea, en vano.

Estamos enfermas, nosotras, las flores de Inglaterra, las más hermosas y deseadas muchachas de Yorkshire. Nuestros pechos se hinchan con un rugido, como el del viento entre las hojas, enronquecen en las noches de helada. Los colores que animan nuestras mejillas y nuestros labios al atardecer nacen de la fiebre. Por eso han de casarnos pronto, antes de que los huesos asomen bajo la piel delicada, antes de que el silbido del pecho dé lugar a toses imposibles de disimular.

Mi hermano murió en medio de los dolores más atroces, su pecho destrozado, con vómitos de sangre y un ahogo del que no pudo recuperarse. A Violette y a mí no nos permitieron asistirle, pero su agonía se escuchaba a través de las paredes, un aullido animal en el que se le extinguían las fuerzas. Su vida, la de un mozo joven y sin porvenir, era, sin embargo, menos sana que la mía. Era, como yo, apasionado. Se dio a todos los vicios que estaban a su alcance, y lo hizo con la entrega de quien sabe que morirá pronto. Teníamos poco dinero, y su única riqueza, como la mía, era su belleza. Le sirvió de poco. Mi hermano vivió veinticuatro años, murió soltero, sin haber realizado nada grande ni digno de recuerdo.

Pero yo fui preservada entre paredes, observada, custodiada. Con mis cartas bien jugadas podía aún vivir varios años, dar a luz al menos a un heredero para la casa del alemán, y para orgullo de los Tremaine, mi familia. Una familia ya muerta, a menos que Violette o yo les demos hijos varones. Mi hermano se lo llevó todo, la alegría, el apellido, la herencia, gastada a manos llenas en curarle de su sangría interna.

Mi marido padecía de una enfermedad sin remedio. Una de las terribles, una de las invisibles. He llegado a amarle: no se comparte lecho, día tras día, sin contraer el contagio del cariño. Terrible esta condición femenina que nos hace amar incluso a quien nos daña. El alemán despertaba de vez en cuando de sus delirios, se levantaba y me arrastraba a nuestro lecho: me tomaba de un brazo, de la frágil muñeca que me dolía como si fuera a quebrarse, de los cabellos, a veces, que acariciaba luego, me arrojaba allí, me destrozaba a golpes que cubrían mis piernas y mi torso de marcas negras. En dos ocasiones me ató, enredó su cinturón con mi propio pelo, y me contempló luego a distancia. Recorría en el aire mi perfil, cerraba un ojo como los pintores ante un retrato.

Luego, como si el juicio regresara a él, se abalanzaba sobre mí, me liberaba, se inclinaba sollozante hasta abrazar mis rodillas y me imploraba perdón, perdón, perdón. Me cubría de besos, me encendía la piel aterida y muerta por las ataduras con sus labios, y se convertía en otra persona. Su voz, una voz bellísima, algo gutural, vibraba viva de nuevo, y musitaba palabras en otro idioma. Aprendí así a detectar entre esa lengua desconocida los acentos de un amor que no creo que me estuviera destinado. Aun así, el amor ejerce tanto poder sobre los desdichados que lo contemplamos, que hasta esas migajas me bastaban, en los días más grises.

Hubo horas espantosas, impías, en las que me obligó a realizar actos que mi inocencia nunca hubiera sospechado en la pasión de un hombre. Me forzaba a arrodillarme ante él, a fingir que rezaba, con palabras desconocidas que yo debía repetir, sílaba tras sílaba. Desnudo, su miembro entraba en mi boca, su mano me obligaba en la nuca, me ahogaba, silbaban mis oídos hasta que creía que iba a desmayarme por la asfixia y por la excitación de estar cometiendo un pecado atroz. Luego, mientras el jugo corría por mi barbilla y mi pecho, y yo me limpiaba los labios con el dorso de la mano, me miraba como por primera vez, me estrechaba contra él y se perdía de nuevo en sus delirios.

La mayor parte de las veces, no obstante, el opio lo dejaba suave y oscuro, los músculos como los de un buey cansado y la palabra fácil. Entonces llamaba a Ligeia. Tendía los brazos y la buscaba a su alrededor. Sus gemidos me partían el alma. En su voz había tanta desesperación que solo podía velarle, cubrirle con los ropajes de la cama, mientras velaba hasta que regresara de ese sueño.

¿Qué podía hacer yo? El alemán era mi única familia. La mía, los Tremaine, me abandonaron a mi suerte cuando me entregaron a él, cuando la puerta de la antigua abadía se cerró tras mi velo blanco y mi corona de azahar. El alemán era mi destino, y a él tenía que resignarme.

Con el transcurso de los días supe más acerca de Ligeia. Era bella, mucho más allá de lo imaginable, y yo, que me había mostrado siempre orgullosa de mi rostro, comencé a observarlo con más ansia. Alemana, como él, amada desde la infancia, quienes la criaron se habían preocupado de darle una educación esmerada. Mi marido enumeraba entonces nombres, tratados, autores que nunca conocí, y que ahora no recuerdo. Me avergonzaba entonces de mis limitados conocimientos: nunca los creímos necesarios. Ligeia, en cambio, dominaba la filosofía y la música, versificaba y hablaba de historia con la seguridad de quien ha contado con tiempo y amor para el estudio.

Con una envidia que nacía en el mismo lugar del que brotaba mi rencor hacia él, hacia ella, hacia todo aquello que yo no entendía por entero, comprendí que no era el rostro exótico, ni el espigado cuerpo de Ligeia lo que mi marido añoraba: sin presunción podía declarar que mi constitución era más hermosa, y que, en las horas dedicadas a mis deberes maritales, el alemán extraía más placer del que su anterior mujer podría haberle dado. Me esmeré en encontrarme siempre dispuesta, cedí siempre, a todo me rebajé. Aun así, tras desprenderse de mí, mi marido buscaba algo en el aire, el aroma o el recuerdo de Ligeia, sus palabras o sus teorías. No amaba a una mujer desaparecida: ansiaba su cerebro, el eco de sus ideas en otras ideas.

Me decidí entonces a escribir a la familia de mi marido; me respondió un criado anciano, uno de esos a los que su fidelidad convierte en un pariente lejano, al cabo de los años. Yo sabía, por los escasos datos que mi marido me suministraba, que apenas tenía familia: en realidad, me informaron, nadie de su sangre vivía ya. Como yo, mi marido dependía de nuestro matrimonio para que su apellido perdurara. De su esposa anterior no había tenido descendencia.

Inquieta, indagué sobre sus gustos, sus costumbres en esa ciudad que me resultaba remota, a orillas del Rin, y el sirviente me describió un niño amable pero tímido, siempre envuelto en ensoñaciones, brusco a veces. En el hombre de pelo plateado que dormía a mi lado había habitado un poeta, un artista contrariado: su posición le obligaba a dedicarse a los negocios de la familia. Con palizas y reconvenciones le arrancaron la costumbre de pasear junto al río y de dibujar. A escondidas leía textos filosóficos. Su madre, una prusiana estricta, mandó quemar parte de su biblioteca. Ese día, leí, la parte más noble, más pura de mi marido se marchitó con el humo. No le vieron sonreír más.

Había preguntado yo por su anterior mujer, y la respuesta me decepcionó. No destacaba por su apariencia, ni por más virtud que la de gustarle a la familia de mi marido: pertenecía a una de las antiguas familias, era una flor triste que sabían condenada a morir pronto. Como nosotras, las pobres rosas de Inglaterra, con su boda había satisfecho parte de su obligación, y si fracasó en la de dar a luz un hijo, no fue por su voluntad. Pero mi marido, ya entonces, muerta su madre, y con ella el más formidable guardián de sus costumbres, había comenzado a tomar opio. No fueron felices. Mi marido, indicaba la carta de su criado, no era de aquellos que encuentran la dicha con facilidad. Siempre en la habitación contigua, siempre al alcance de la mano, la contemplan pero no pueden poseerla.

Sin embargo, el alemán continuaba llamando a Ligeia. Yo adelgacé. Una mañana de agosto contemplé con horror cómo mi almohada mostraba unas manchas de sangre: me llevé las manos al rostro. Rastros aún húmedos manchaban mi nariz. Me senté y, por primera vez desde el inicio de mi matrimonio, lloré, primero en silencio, luego con unos gemidos que despertaron a mi marido. Aún confuso, sus ojos grisáceos, no acertó a comprender qué me ocurría. Cuando vio la almohada y mi camisón, sus pupilas se dilataron. Me abrazó, me estrechó contra su pecho. A partir de ese momento se mostró más dulce conmigo, pero nuestras conversaciones fueron muy escasas. Apenas lúcido, tendido en la penumbra de sus tapices y sus vidrieras, deliraba en alemán, mientras yo comprobaba en mi cuerpo la misma devastación que se había producido en el de mi hermano.

He aprendido a amar al alemán, y lo amo ahora tanto que si lo hubiera elegido, si no hubiera sido mi edad, ya peligrosa, o el cercano declive de mi belleza, o la pobreza creciente de mi familia lo que obligó a mis padres a entregarme, no habría podido quererlo más. Amo las marcas de mis piernas, que han tomado un color verdoso ya que hace semanas que no me trata con dureza, porque me hablan de él y me recuerdan horas vergonzosas pero placenteras. Amo el sabor de su sudor y el de su saliva, recuerdo su líquido acre deslizándose por mi barbilla y también eso amo.

Es todo cuanto tenemos, nuestro matrimonio, nuestra vida en esta abadía de techos siempre fríos y humedad perpetua, nuestra espera por la muerte y los recuerdos de quienes nos entregaron sin misericordia a la vida. Si yo llegara a vivir tanto como él, diez, quince años más, quizá también abrazaría el opio como él lo ha hecho. Nos hemos convertido en un mismo dolor, en una misma carne.

Las cartas de Alemania continuaron llegando cada semana, cada una de ellas con más respuestas. No, la primera esposa de mi marido no sabía latín. Conocía, como yo, las artes del entretenimiento, algo de francés, un poco de piano, la manera de componer un paisaje sencillo con acuarelas. Bailaba con cierta gracia, pero a mi marido nunca le agradó la danza. No, no leyó jamás un libro de teología. Hacia años que la señora había ordenado quemarlos.

No, no era morena, no tenía el cabello rizado y lustroso, ni los ojos enormes y oscuros como un lago en calma. Fue, como yo, rubia y bien formada, con largas trenzas acaracoladas en las sienes, según la costumbre de su país. Como yo, como siempre le gustaron las mujeres al señor.

Se llamaba Madeleine.

Me tambaleé entonces, busqué un apoyo para no caerme. Busqué con la mirada a mi marido, a quien no se le ocultaba que yo recibía cartas de su casa natal, y a quien hacía mucho tiempo que había dejado de importarle. Agobiados bajo las pieles con las que cubríamos la cama, tan pronto sentíamos frío como un calor abrasador. Se acercaba el otoño, y mi decadencia era asimismo muy rápida. Las medicinas no obraban ningún efecto, y me negué a tomar los baños de mar que me recomendaban. Bajo ningún concepto abandonaría a mi marido, cuya mirada continuaba buscando, aquí, allí, en mí, a Ligeia. Su enfermedad era más grave que la mía, porque nacía en un cuerpo sano, fuerte, aún joven. Me abandonó la obsesión de concebir un hijo: ya sabía que no viviría lo suficiente para conocerle. Nuestros abrazos se entibiaron, nos encontrábamos con más ternura y con mucha más desesperación.

¿Quién era entonces Ligeia?, pregunté, exhausta, porque cada carta me arañaba un poco más, como yo había hecho de niña con las zarzas, para comprobar hasta dónde era capaz de sufrir sin quejas.

El viejo sirviente pareció sorprendido: Ligeia, me dijo, era una prima lejana del señor, una de las pocas pertenecientes al antiguo tronco familiar. Ni siquiera compartían apellido. Durante un par de veranos pasó temporadas en la casa, para hacer compañía a la hermana menor de mi marido, antes de que esta muriera. No, tampoco ella era morena, ni alta, ni esbelta. No, nunca habían estudiado juntos. Como yo, sabía algo de francés, tocaba un poco el piano, bailaba sin mucha gracia. Apenas recordaba que los dos, mi marido y la primita Ligeia, se hubieran encontrado. Se llevaban varios años, sus mundos eran otros. Como mucho, él habría observado a las niñas desde la biblioteca, mientras ellas jugaban en el jardín.

Y sí, se había casado, para bien, según parecía. Le habían sobrevivido tres hijos, el mayor estudiaba ya en el Liceo. Una buena familia, robusta y sólida, y sensata, un ama de casa ejemplar y una madre abnegada. ¿Por qué preguntaba yo por Ligeia?, ¿qué llevaba a alguien tan lejano, de otro país, de otro tiempo, a interesarse por ese pasado?, ¿qué unía a Rowena de Tremaine con esa mujer que no podía ser otra cosa que una niña en los recuerdos de mi marido?, ¿qué demonios me hurgaban en el pecho?

Me volví con calma hacia mi marido, que dormitaba, perdido, con la mirada en los tapices cambiantes de las paredes. Por un momento, deseé tomar el mismo opio que le permitía a él volar. Compartiría así su sueño, quizá, podría convertirme en la Ligeia que él ansiaba. Por encima del afecto nacido entre dos que duermen juntos, por encima de sus besos como mordiscos y de la brutalidad a la que me había acostumbrado y que ahora casi añoraba, por encima de sus monólogos cargados de nombres antiguos y de brillantes disertaciones, yo amaba al hombre que amaba a Ligeia. Ligeia era la parte más noble, más hermosa de nuestro matrimonio.

Ahora sé que no viviré mucho: unas semanas, es posible que apenas unos días. Dar dos pasos me fatiga. Mi marido ha encontrado fuerzas para sobreponerse al sopor del opio. Intenta administrar la casa, da órdenes que no son siempre comprendidas o acatadas. Me da el caldo caliente a cucharadas, en la boca, a veces demasiado bruscamente, otras con una delicadeza que me conmueve. Se tumba a mi lado, me aprieta la mano. Miramos el techo hasta que me duermo, o hasta que la fiebre me hace ver lo que a él el opio. Le aterra que me muera, pero eso es algo que yo no puedo evitar. No creo, pobre alemán en tierra extraña, que sea capaz de sobrevivir, nuevamente, a la muerte de una esposa.

En cierta medida, ahora que me pierde me estoy convirtiendo, más que nunca, en Ligeia. Cuando muera, cuando me hayan amortajado y metido en la tumba, la piedra que he elegido para que me arrope en el cementerio de nuestra abadía, regresaré como Ligeia. Me verá en cada esquina, me hablará, echará de menos mis manos cálidas y mi piel blanca, a punto de descascarillarse. Mi pobre esposo se verá libre para olvidarse de mi tono de voz, demasiado agudo, y lo transformará en notas de terciopelo, convertirá mi conversación en observaciones agudas.

Luego, sin duda, le molestará mi pelo. Mientras mi melena rubia continúe creciendo bajo tierra, como un alga que se nutra de mi cadáver, en su imaginación se oscurecerá, caerá sobre mi espalda en largos rizos oscuros, convertirá mi piel en un resplandor casi azulado. Soñará, mi alemán amado, con hundir sus dedos en esa masa de cabello denso, en aspirar su aroma, como olía yo el suyo en los sueños abandonados al opio.

Hablaré y me responderá, y abriré los ojos, y le sonreiré con ellos. Serán negros, como él deseaba en su Ligeia, como no encontró en ninguna de nosotras, sus mujeres reales. Mi inteligencia, que ha sido tan pobre, tan reducida a los encuentros con amigas, a dos o tres cucharadas de té, con leche o con azúcar, a tan bonita acuarela, a una melodía tan deliciosamente ejecutada, se ampliará hasta el infinito. Seré Ligeia, lo que Rowena deseó siempre ser.

Mi marido no podrá sobrevivir demasiado tiempo sin mí. Si decide continuar vivo, y hay ocasiones, cuando llora en mi oído y me pide que no le abandone, que no muera, en las que sospecho que quizá muera en opio como ha vivido en opio, mi familia lo encontrará perdido y solo en nuestra abadía, con mi cuerpo ante él, o quizás él ante mi tumba, o quizás, en uno de sus impíos raptos, encuentren mi sepulcro profanado y a nosotros, una misma carne, una misma idea, en la cama de nuevo, mi mortaja desgarrada por sus dedos ansiosos, mi carne rota y podrida. Sea como sea, se lo llevarán. Ya han cobrado lo que necesitaban, ya no hay ninguna necesidad de fingir que cierran los ojos ante la locura de mi marido. Y, una vez encerrado, sin familia, sin amigos, sin nadie que cuide de él como yo he hecho, ni nadie que lo reclame, podrán arrojar la llave y vivir en calma. Las cartas de Alemania se apilarán en mi puerta, se pudrirán entre las hojas del invierno en la abadía.

Yo no sentiré nada; pero no es eso una novedad en mi vida, y no veo por qué ha de serlo en mi muerte. He aprendido a fingir con tanta precisión que me he creído mentiras contadas por otros, y he vivido de acuerdo a ellas. Viva o muerta, me habré enlazado a la mente de mi marido, entre su locura, en los delirios en los que me ve ante él, sabia, hermosa, serena. Me roza los labios con sus dedos, comprueba que aún respiro, que no se pierde uno solo de los detalles de mi agonía. Solo con el dolor, su lenguaje más conocido, más cercano, construye él la realidad. Con dolor he construido también la mía. No habrá una gran diferencia en morir y convertirme en el deseo de mi marido, no: ansío, me impaciento, espero con los dientes apretados y los ojos fijos en él transformarme en amada, en inmortal, en anhelada, en Ligeia.

| ÍNDICE |